要らない子令嬢ですが、エリート警視が「俺のところに来ないか」と迫ってきます

★

ルネッタブックス

CONTENTS

Lunetta

第一章　名家の娘

今思えば、私の人生で一番のピークは小学生のときだったかもしれない。

『見てお母さん！　私が描いた絵が賞をもらったの、ほら！』

絵と賞状を手渡すと、母は驚いたように目を見開いた。そしてすぐににっこりと微笑《ほほえ》み、私を強く抱きしめてくれた。

『藍《あい》、すごいわ！　絵が上手《うま》いところはおばあちゃんに似たのかしらねえ……』

母がうっとりしながら絵を見つめる。画用紙に描かれているのは、学校の近くにある公園内の様子だ。緑豊かな樹木と、小さな池。実際に公園へ行き、絵の具とクレヨンを使って描いた絵が、学校の代表としてコンクールに出品され、受賞したのだ。

母方の祖母が美術教師をしていることもあり、私が絵を描けば母はいつも喜んでくれた。私はそんな母を見るのが好きだったし、褒められるのが嬉《うれ》しかった。

しかしこの数ヶ月後。しばらく体調を崩していた母に大きな病気が見つかり、あっけなくこの世を去った。私がまだ八歳のときである。

ショックを受けた私は、母が亡くなった当時の記憶がほとんど残っていない。ひとつだけ覚えているのは、動かなくなった母を見てショックを受けた私が、その場で周囲の人を困らせるくらい泣きわめいたことくらい。

そんな私に追い打ちをかけたのは、父の再婚だった。母が亡くなって半年ほどで当時大企業を営む父方の祖父の意向により、父はあっさり見合いをして再婚してしまったのだ。

『お父さんはあなたのことを思って再婚を決めたの。だから、お父さんの気持ちを考えて新しいお母さんとうまくやりなさい』

父方の祖母はこう言い放った。父はもう母のことを忘れてしまったのかとショックで、うんと言えない私を祖母は、仕方ないのよ、我慢しなさい！　と嗜めた。

——我慢、ねえ……。当時の私、まだ小学校二年生くらいだったのに、我慢しろってなかなか厳しいよね。よく我慢したよ。

今でもたまに当時のことを思い返し、昔の自分を褒めてやりたくなる。

そんな私ももう二十八歳になった。

勤め先である小さな不動産会社で、パソコンの画面を見つめながら、よくここまで頑張ってきたな～としみじみする。

辺りが暗くなってきたので時刻を確認すると、夕方の五時を過ぎていた。終業時刻である。

パソコンの電源を落とし、ラップトップを閉じた。

「じゃ、上がります。お疲れ様でした」

「はい、お疲れさん」

社長は六十代の恰幅《かっぷく》のいい男性だ。その隣でパソコンを操作しているのが、社長の妻である副社長である。

愛想のいい社長が主に営業、その社長をサポートするようにてきぱきと仕事を片付けていく副社長が中心となり、この会社を支えている。従業員は私を含めて四人。夕方五時きっちりに帰って行った女性と、四十代の男性、それから経営者二人の娘さんも社員である。

その二人の元で私が働き出してから、もうじき二年を迎える。

これまで勤めてきたどの職場も、さまざまな事情から長く続かなかった私としては、二年近くも一つの場所にいるのは初めての経験だった。

——転職って大変だからなー。できればこのままここにずっと勤めていられたらいいんだけどなぁ……

先のことを考え始めると、決まってため息が漏れてしまう。

でも、こういう生活を選んだのは自分だし、我慢しなくては……と自宅のアパートに徒歩で帰宅中。アパートの前に見慣れない車が停《と》まっているのが目に入った。

――アパートに住んでる誰かの車かな？　見たことないけど……

黒塗りのセダンは、フロントグリルに高級車とわかるエンブレムがある。ただのお金持ちならまだしも、こういう車は怖い人が持ち主というパターンもある。

気にしない、気にしない……と、わざとそちらを見ないようにして、自分の部屋に向かう。アパートの外付け階段を上りすぐの部屋が狭いながらも私のお城……なのだが、なぜか今夜はそのお城の前に人が立っていた。

黒っぽい細身のスーツを上品に着こなした男性は、やたら背が高い。襟足がすっきりした短髪は真っ黒で、丁寧にセットされて形の良い額が露《あら》わになっている。

ぱっと見王子様かと勘違いしてしまうような美男子だ。

「……え？　あの……」

――なぜイケメンがこんなところに？

そこは私の部屋です、と明かしていいのか。でも美男子にだまされちゃいけない。この人がもし反社であったり、訪問販売の人だとしたら、個人情報を与えてはいけないのではないか。

数秒の間にいろんなことを考えた。でも、私が言葉を発する前に、向こうが話しかけてきた。

「やっと見つけた」

――見つけた？　私を？

真顔のまま距離を詰められて、こっちはポカンとしてしまう。

「え……」

「三田《みた》藍さん、だね？」

「や、あの、えっと……」

素直にそうであることを認めない私に、理由を察知するように男性がふっ、と微笑んだ。

「怪しい者じゃない。俺は、君のお父さんの友人、雪岡浩二《ゆきおかこうじ》の息子だ」

雪岡という名を聞き、すぐに誰なのか思い浮かんだ。

父が友人と呼ぶ人は僅かしかいない。しかも雪岡のおじさまは父が学生時代から親しくしている人で、実家にも何度か来たことがある。私も、子どもの頃に会っているはずだ。

残念ながらその息子さんの顔には、いまいち見覚えがないけれど。

「雪岡のおじさまの……息子さん？」

「そう。これで怪しくないって安心した？」

「……でも、私……あなたのことは記憶にないです、ごめんなさい」

話している途中ではあるが、用意していた部屋の鍵を取り出し、鍵穴に差した。

「君のことをずっと探してたんだ」

今の言葉に反応し、男性を見る。

さっき王子様かと見間違えたその顔は、小さな顔に形のいい鼻や目、口などのパーツが綺麗《きれい》に収まっている。ぱっちりとした目はキラキラと輝き、見つめていたら吸い込まれそうになった。

——やばっ。　見ちゃだめだわ。

慌てて男性から目を逸《そ》らした。

「さ……探してたって、なぜです？　よくこの場所がわかりましたね」

「探したから。それよりも藍さん。唐突だけど俺のところに来ないか。君みたいな人がこんなところで一人暮らしなんて危険すぎる」

「…………は？」

いきなり言われた言葉に、頭が真っ白になる。で、気がついたら男性を睨《にら》み上げていた。

「普通、会っていきなりそういうこと言います？　……やっぱり雪岡のおじさまの息子っていうのも嘘《うそ》なんじゃないですか」

「嘘じゃない。なんなら身分証明を……」

男性が胸ポケットに視線を移したタイミングで、事前に解錠しておいた部屋のドアを開け、素早く中に飛び込んだ。しかし、咄嗟《とっさ》に男性がドアの隙間に足を入れてきたせいで、閉めることができない。

「ちょっと……!!　足どかしてください!!　あんまりしつこいと警察呼びますよ!?」

「呼ばずともここにいるじゃないか。俺、警察関係者だけど」

言われて思わず男性を二度見した。

「はあ!?　だったらさっさと身分を明かせばいいじゃないですかっ、ほら、テレビでよく見るアレ……パカって開くと警察のマークが出てくるやつっ」

正式な名称がわからないので、すごく雑な言い方をしてしまった。それでも相手は何のことかわかったらしい。

「残念ながら警察は警察でも俺の所属は警察庁なので、ああいったものは持っていないんだ。その代わり身分証を見せるよ、ほら」

ドアの隙間からにゅっと差し出されたのは、ＩＣチップがついた身分証。そこには確かに警察庁という文字と、雪岡という名前、そしてこの人の写真がある。

「雪岡……宏一郎《こういちろう》？」

「そう。これでわかってくれた？　俺は怪しい者じゃない。俺は君を助けたくてわざわざ君の居場所を探してここに辿り着いたんだ」

――助けたいって……

どういうこと？　と眉をひそめた。

「あの、この場所のことは、雪岡のおじさまには……」

「言ってない。俺しか知らない。だから安心していい」

優しい声音に、ずっと張り詰めていた気持ちが緩む。でもまだ、この人を全面的に信用したわけじゃない。

……けど、なぜこの人が私のところに来たのかが気になる。

「とりあえず、話を聞きます。……中に入ってください」

私がドアを開け、中に入るように手で促すと、男性の目が大きく見開かれた。

「入ってもいいの？」

「正直に言えば入れたくないです。でも、ここだとご近所さんに聞かれるかもしれないし……」

ほとんど初対面の男性を自分の部屋に入れるなんて、本来は危険極まりない行動だ。でも、このアパートは壁が薄い。部屋の外で誰かが喋《しゃべ》っていたら部屋の中にいても丸聞こえなのだ。

私が苦々しい顔をしていたからだろうか。雪岡さんが折り目正しく頭を下げてきた。

「ごめん。でも、君に危害は加えないから。神に誓うから安心してくれ」

「……わかりました。狭いですけど、どうぞ……」

――警察関係者ならさすがにやばいことはしてこないだろうし……。万が一やばい状況になったら、あとからSNSで暴露すればいいか。

ため息をつきながら雪岡さんを部屋の中に招き入れた。

私が住むのはかなり築年数が経《た》っている二階建ての鉄筋アパート。間取りは2K。

広さはないけれど、トイレもバスルームもあるので、私からすればお城には変わりない。

一部屋は寝室として使用しているので、雪岡さんに見られないよう、襖を閉じておいた。

「好きなところに座ってください。……って言っても、床しかないですけど」

私にこう言われた雪岡さんは、ざっと部屋の中を見回してから、キッチン寄りの床に腰を下ろした。

「お茶淹《い》れますね」

「いや、お構いなく。すぐ本題に入っていいかな」

お茶の葉を取ろうとキッチンの上部にある棚に手を伸ばしかけていた私は、手を下ろして立ったまま雪岡さんの話を聞く。

「本題ってなんですか。さっきの話なら、無理ですけど……」

俺のところに来い、っていうさっきのヤツなら、いくら相手がイケメンでも私がホイホイ付いて行くと思わないでほしい。

私の思いが彼に伝わったのか。雪岡さんがふっ、と口元を緩め、歯を見せて笑った。

「そんなに敵対心を剥《む》き出しにしなくても。ちゃんと順を追って説明するから」

「そっ……、そんなつもりでは……ただ、いきなりなんの前触れもなく来られて、俺のところに来いとか言われて混乱してるだけですっ」

「わかったわかった。まず、俺はさっきも言ったように雪岡宏一郎といいます。警察庁に所属する国家公務員です。なんならもう一度身分証見る？」

雪岡さんが胸ポケットから身分証を取り出そうとするのを、やんわり手で制した。

「いえ、さっき見たんで大丈夫です。でも、なぜあなたはわざわざ自ら私に会いに来られたんです？　せめて事前に連絡の一本くらいくだされればいいのに。いきなりだからびっくりしたじゃないですか。それにさっきも言いましたけど、なんでここがわかったんですか」

このアパートに住んでいる事は、家族では母と妹しか知らない。それなのになぜ、と。

それを聞くまでは、この人を全面的に信用なんかできない。

正直な気持ちを吐露したら、なぜか雪岡さんが困り顔になる。

「まず、連絡は何度もした。君のご自宅にも、父上の秘書にも連絡をして、父上とのアポを取ろうとした。でもこのところお忙しいらしく不在のようだったので、だったら娘さんの連絡先を教えてくれと頼んだ。でもダメの一点張りでまったく取り合ってもらえなかった。だから俺が自費で興信所に頼んで、君の居場所を見つけてもらった」

興信所なんて単語を身近で初めて聞いた。

「わざわざお金をかけて探してもらわなくても……。それに、父は家の事に関してはノータッチなんです。仕事以外のことは全部母に丸投げなので、父に連絡を取っても多分無駄だったと思います」

「その時点でもう、君の家はなかなか複雑そうだとわかるな」

雪岡さんがクッ、と肩を揺らす。

実際うちはかなり複雑なので、返す言葉もない。

「とにかく、君のことはずっと探してた。といっても、俺が転勤で地方にいる間は動けないので、実際に探し始めたのは割と最近だけど」

涼しい顔で説明してくれた。でも、私が知りたいのはそういうことじゃない。

――じゃなくて、なぜ、私を？　ってところが知りたいんだけど……

「だから、なんで私を？」

「君は俺の婚約者だから」

思わず目を丸くする。

そんな話、初めて聞いた。

――誰が誰の婚約者だって……？

十八歳まで実家で生活していたけれど、婚約者がいるなんて一度も聞いたことがない。実家を出てからだって年に一度は実家に顔を出すけれど、その話が父の口から出たこともない。

「はい……？」

真顔で聞き返すと、雪岡さんがため息をついた。

「やっぱり知らなかったのか」

「知りません。聞いた事もないです」

少し困り顔になった雪岡さんが、脚を崩してあぐらをかいた。

「俺は、二十歳くらいから君が俺の婚約者だと親から聞かされていた。てっきり君もその話を聞いているのかと思ったんだけどな」

「あなたが二十歳からって……今おいくつですか」

「三十」

私と二つ違い。となると、私が大学生になる辺りでそういう話が出たことになる。

この人は私の知らないところで、十年近く私が婚約者だと言われてそれを信じてきた。

その事実にまず、驚いた。

「なんだけど、こちらに相談もなく勝手にその話の内容が変えられてしまって」

「変えられて……？　どのように……？」

話が長くなりそうだったので、キッチンから部屋に移動し、雪岡さんの前に座った。

私を目で追っていた雪岡さんがじっと見てくる。綺麗な目で見つめられると、普段イケメンの若い男性との接触があまりない私は、緊張して体が萎縮してしまう。

「そう。俺の婚約者は君だったはずなのに、俺に承諾もなく、君の妹さんに変わってしまったんだ。君よりも九つも年下の妹さんにね」

「……！」

驚きのあまり、ひゅっと喉が鳴った。

でも、すぐにあの人ならやりそうだと思った。あの継母なら。

なんせあの人は、私をあの家から追い出したくて仕方ないから。

「君の妹さんはまだ十代だろ。十歳以上も年上の男と婚約しろって、普通に考えたら相手も嫌がりそうなものなのに、君の母上はこっちがどんなに無理だと言っても聞かないんだ。自分の娘の人生をなんだと思っているのか……」

「……さあ。実の母ではありませんので、あの人の考えていることはわからないです。多分、あなたみたいな人と結婚できたら、妹が幸せになると思い込んでいるんじゃないですか？」

「それにしたって、俺は君だから婚約することを承諾したのに。話が違うじゃないか」

「……？　私だから承諾……？　それはなぜ……」

何気なく聞き返したら、雪岡さんが急に真顔になった。

「その辺はまあ、追々で」

誤魔化《ごまか》したな……と雪岡さんを軽く睨む。

「で。私を助けるってどういうことですか？　別に私、あなたに助けてもらわなくてはいけないような生活はしていませんけれど」

別に強がりを言っているわけではない。

少ないけれど私一人なら生きていけるくらいの蓄えはあるし、仕事もしている。事情があってかなり生活費は安く済ませられているし、本当に目の前にいるこの男性に助けてもらうような状況ではないのだ。

じとっと雪岡さんを見つめると、彼は困ったように笑った。

「君がそう思っていても、周囲の目は違う。三田家の次女はあんなに贅《ぜい》を尽くした生活をしているのに、長女の君の姿を全然見ない。三田家の跡を継ぐのは長女の夫になるはずなのに、長女はなぜ家を出ているのかと、財界ではだいぶ前から噂《うわさ》になってる。それは君だって知っているのでは？」

またこの話か、とげんなりする。

実は事前に、私と同じような資産家の娘である友人からも、この話を聞いている。

しかし跡継ぎの件に関しては私というより、親に決定権がある。特に私よりも妹を世間的に優位に立たせたい継母《ままはは》が今後どういう行動に出るか。それにかかっているような気もする。

だから今、私がこの人に言えることはなにもなかった。

「そんなのは私の知った話ではありませんから。誰があの家を継ぐかを決めるのは、家長である父ですし」

「それでも、一応本来君の婚約者である俺としては、他人に君のことを憶測であれこれ言われるのは我慢ならないんでね」

「はあ、婚約者……」

こっちは把握していないのに、すっかり婚約者になってるな。

困惑気味に耳を傾ける。

「そこで最善の策を思いついた。三田家の長女である君が俺と結婚してしまえば、なぜか現在婚約者ということになっている君の妹もさすがに諦めるだろうし、君も周りからあれこれ言われなくなる。どう？　これって俺にも君にもいい話だと思うけどな」

雪岡さんがにっこりと微笑む。

本当に笑顔があり得ないくらい綺麗だ。提案よりもそっちに意識がいってしまう。

「……いい話……なのかよくわかりません」

「なぜ？」

「考えてみてください、現状婚約者と言われている妹がこのことを知ったら、烈火の如く怒ると思います。もちろん妹だけじゃない。母だって自分の思惑が外れて、怒りの矛先があなたに向くかもしれない。そうなると手が付けられない。言っときますけど、あの人しつこいですよ」

つまり、あまりいい案とは言えない。未来に地獄が待っているのに、いいですよ、なんて即ＯＫはできないのだ。

「しつこいんだ。そんな人が継母だから君は家を出て、ずっと一人で暮らしてるんだ？　でも、君のお父さんは現状に納得がいっていないようだけどね」

「それは……、そうなんですけど……」

事実を言われて、返す言葉に詰まる。

実際、父は私が実家にいないことをよく思っていない。

大学進学時に家を出ることは許してくれたが、それは進学先の女子大に近い、女性専用の学生会館に住むことが決まったから。大学が終わり次第家に戻れと言われていたのに、私はそれに従わず一人暮らしを続けている。

あるときは地方で就職し、その会社の借り上げ社宅で生活したり、あるときは会社の寮で生活したり。戻ってこいという父に抗《あらが》うために、どうにか理由をつけて実家に戻らないようにしているのだ。

「お父さんにはなんて言って家を出てるわけ？」

「……社会勉強だと……。実家に戻れば、家の事は家政婦さんがしてくれますし……。ずっとぬくぬくと実家で生活していたのでは、いつまで経っても一人で生きられないから、と……」

「でも、それを言うとお父さんは一人で生きなくていい、とか言わない？」

「言いますね」

きっぱり答えたら、雪岡さんがはっ、と笑う。

「そこまで言われても実家に戻らないのはなんで？　っていうか、なんとなくわかるけど」

「……わかってるなら聞かないでくださいよ。母と妹と一緒にいたくないからです」

「はっきり言ったな」

クスクス笑う雪岡さんを見ていると、釣られてこっちまで笑いそうになる。

この人は、あの継母と妹がこれまで私にどんなことをしてきたのかを、知っているのだろうか。

「でも、それを父上に言えばなんとかしてくれるんじゃないの？　なんで言わないの？」

「……あの人は、父の前ではいい妻なんです。演技力がすごくて、父はあの人の本性に未《いま》だ気がついていないんです。だから、私がなにか言ったって聞く耳持たずなんです。それ以前に、あの家にいる限り継母は私を監視していますから。告げ口なんかする隙すらありませんでした」

「父上に電話すればよくない？」

雪岡さんの指摘に、無言で首を振った。

「高校生のときにしましたけど、怒られて終了です。世話になっている人のことを悪く言うなと。お前にしてみれば実の母親じゃないけれど、妹にとっては実の母親だからって……」

雪岡さんが目を細めた。

「ひどいな。君の意見はなにも聞いてくれないのか」

「いつもそうです。母が亡くなって半年も経たずにさっさと再婚したような人ですしね。……それを言われたときになんとなく悟りました。父は、私よりも継母や妹の方が大事なんだなって。そりゃまあ、当時の妹はまだ小学生で可愛《かわい》い盛りですから、父にしてみれば反抗期の娘よりそっちの肩を持ちますよね」

笑い混じりで明るく話したつもりだった。でも、雪岡さんの表情は冴《さ》えない。

「そんなことないよ。父親なら、自分の子どもは皆可愛いはずだ」

「さあ……。母が亡くなったときから、私、家であんまり笑わない子になっちゃったんで。父からすれば何不自由ない生活をさせているのになんでいつも暗いのか、腹立たしかったと思いますよ」

「娘の気持ちがわからない父親のほうがどうかしてる。君は悪くない」

「ありがとうございます。そう言ってもらえると少しだけ気持ちが楽になります」

場の空気が少しだけ重くなった。私の身の上話をすると、大概こうなる。

昔からそれがとても嫌だった。

だから、重い空気を払拭するように敢《あ》えて「で!!」と強めに声を発した。

「事情は理解していただけました？」

「わかったけど、一つだけ理解できないことがある」

「なんでしょうか」

まだなにかあるの？　と訝《いぶか》しげに雪岡さんを見る。

「なんで地方に行ったり個人経営の小さな会社を転々としているんだ？　働くなら三田家が経営する会社がいくつもあるだろう。せっかく名門の女子大学を出ているのに、勿体《もったい》ないと思うけど」

「……いや、なにも三田家の人間だからって親が経営する会社で働かなくてはいけないわけではないと思いますが……」

「そうだけど、今勤めている不動産屋より、三田家が経営する会社に勤めた方が給料だって待遇だっていいはずだ。それなのに、なぜ敢えてそういう道を選ばなかったのかが、ずっと気になってたんだ」

じっと私を見る雪岡さんの目は、まるで警察署で犯人を尋問する警察官のそれだ。

——実際警察関係者だしね。職業病かな。

それに話していないのに、私が今どこに勤めているのかも知っていた。私のことは全て調べ上げているというわけだ。

「父が経営する会社や関連会社には行くなと、母から言われてるんです」

「なぜ」

「母は私を三田家から排除し、妹と妹の配偶者に家を継がせたいらしいので。……これは私の想像ですが……多分母は、三田家の中で私を優位に立たせたくないのだと思います。ずっと外で好き放題している長女なんかに家を継がせるより、三田家が経営する会社に妹を入れ、跡を継ぐのは妹がふさわしいと周りに認めさせたいのでしょう。だから私は言われたとおりにしているだけです」

「そんな、勝手に……」

「勝手なことをするのがあの母なのです。でも、父は母の思いなど知らないようですけどね。未だに長女の私が跡を継ぐと思っていますし、地方に行くと言ったらものすごく怒られました。年に一度は実家に顔を出すという条件でなんとか許してもらえましたけど」

とても面倒な、名家、三田家の内情。

これを知って雪岡さんが頭を手で押さえた。

――そうだよね、わけわかんないよね。でも、これがうちなの。

頭の中は仕事と家の存続のことばかりで、家庭を顧みない父親と、財産と名声にこだわって、なんとかして実子を跡継ぎにさせたい後妻のいる家。それが三田家なのだ。

「だとしても、なにも全く知り合いのいない地方に一人で行かずとも……」

「ああ、それは私の希望でもあったんです。未知の場所って憧れません？　だから就職活動のとき、地方の独身寮がある企業という条件で探して就職したんです。地方での生活は順調だったんですけど、一年くらい経ったらなぜか妹に居場所を知られてしまって。それ以来、彼女に居場所を知られたらそのたびに転職する羽目になっているんですが」

雪岡さんが目を丸くする。

「君を嫌っているのに、なぜ妹さんは君の元へ行くんだ？　矛盾してるだろ」

「お金ですよ」

彼が更に眉根を深くする。

「金……」

「そうです。当時の妹は中学生で、服飾品は母親が買い与えていたようですけど、お小遣いというものはもらっていなかったらしくて。彼女は自分で自由になるお金が欲しくなると私のところへ来るんです。というか多分、嫌がらせ？　地方に行けばさすがに来ないかなと思っていたのですが、甘かったです。どこに行っても私を見つけ出すんで、もう諦めました」

勝手にため息が漏れてしまう。

雪岡さんには言わないけれど、妹は毎回結構まとまった額のお金を要求してくる。

『お姉ちゃん、お金ちょうだーい？』

実家にいるときは聞いた事がないような猫なで声で、妹は私にお金をせびる。最初はそれが気持ち悪くて、用途も聞かず有り金を渡してさっさと帰ってもらっていた。

でも、よくよく考えたらそれがまずかったのかもしれない。味を占めた妹は、未だに私のところにやってきては、金を無心してくるのだから。

「見つけ出すって、中学生がどうやって？」

雪岡さんが納得いかないとばかりに顔をしかめる。

「さあ……。わかりませんけど、もしかしたら父の書斎に忍び込んで、私がどこに住んでいるか探ったんじゃないかな。父はメモ魔なので、必要なことは全て手帳や書斎にあるメモに記しているはずだから」

そうやって運良く私の居場所を見つけると、妹は公共交通機関を乗り継いでわざわざ会いにきた。どうも実家から離れれば離れるほど彼女にとっては良い気分転換になるらしく、私のところに来るのが楽しいと言って、どんなに止めても来ることをやめなかった。

逃げてもどこまでも追ってくる。それがわかって以来、地方を転々とするのをやめた。だから今は、実家から車で一時間くらいの場所に住んでいる。逃げても無駄なら、友人達がいる地元のほうが気が楽だから。

それでも妹は、今でも定期的に私のところへやってくるけれど。

「それにしたって君にお金をせびるって……。一体何に使うため？」

「知りません。それより、もういいでしょう？　うちの事情を根掘り葉掘り聞くためにこんなところまで来たんですか？」

すっかり話し込んでしまったけれど、相手とはほぼ、初対面だ。冷静になったら、なぜ自分がこの人に身の上話をしているのかが不思議でたまらなくなった。

私が立ち上がると、雪岡さんが不思議そうに私を目で追う。

「助けてくださるというあなたの気持ちはもちろんありがたいです。でも、あなたのところに行ったら、間違いなく母と妹を刺激することになるんです。だから無理です」

雪岡さんが慌てたように立ち上がった。

「刺激しないよう、あの人達は俺がなんとかする。だから君がそんな心配をする必要は……」

「いえ。そんなことをする必要はありません。あなたではない人を選べばすむことです。……私は、あの人達ともう関わりたくないんです。さっさと三田家を出て、あの人達と縁を切りたい。それだけが私の願いです」

「だったら俺と結婚しよう。そうすれば君は三田家から出ることができる」

普通はいきなりこんな美男子に結婚しよう、なんて言われたら天まで昇るような気持ちになるのかもしれない。

でも、私にとっては全く嬉しくない言葉だった。父との繋《つな》がりもあり、現在妹の婚約者となっている人にプロポーズされたなんて、継母が知ったらただでは済まない。

天に昇るどころか、地獄に突き落とされたような気分だった。

「は？　何を言って……。母に気に入られているあなたと私が結婚なんかしたら、とんでもないことになるじゃないですか！　絶対に嫌です」

「いや、だから……」

「もう帰ってください!!」

まだなにか言おうとする雪岡さんの背中側に回り込み、彼の背中を玄関に向かって強く押した。

「待ってくれ、本当にあの家の人達のことは俺がなんとかするから!!　だから……」

「結構ですって言ってるじゃないですか!!　もう、私のことなんか放っといてください!!」

「あ……」

なにかを言おうとしていた雪岡さんを部屋の外に押し出し、そのまま勢いよくドアを閉めた。

「はあ……」

安堵《あんど》のあまり、口から吐息どころか魂すら出るんじゃないかってくらいの、大きなため息が出た。

冷静に考えたらこの状況が怖くなって、咄嗟に自分の体をぎゅっと抱きしめた。

妹に突撃されるのも嫌だけど、見知らぬ男性がわざわざ興信所を使ってまで自分の所在を突き止めたうえにいきなり突撃してきて、しかも結婚しようと言ってくるなんて。

——これ、普通に考えたらすごく怖いことじゃない？

そう思ったら、一瞬でも雪岡さんのことをイケメンとか美男子と思った自分を殴りたくなった。

私――三田藍、二十八歳――の実家は、地元では名家と呼ばれる歴史の古い家である。

ご先祖様を辿《たど》ったら歴史上の有名人に辿り着くとか、広大な土地を持つ大地主だったとか、昔何度か父親が言っていたのを耳にしたことがある。でも、実際に家系図を見たわけじゃないし、本当のところはわからない。

そんな我が家は、商才に長《た》けていた高祖父が財力を生かして事業を興し、その才を受け継いだ曾祖父《そうそふ》がさらに経営する会社を大きくしていった。

元々は呉服店から始まった我が三田家は百貨店を全国に展開し、順調に利益を上げ海外拠点を持つほど成長した。現在は銀行や電力事業など、三田の親族が経営に関わっている事業は多岐にわたる。

現在全ての事業を統括する会社の会長を祖父が、父が社長に就任している。しかし、祖父が高齢ということもあり実質的な経営権はほぼ父が握っていると言っていい。

このように三田家は地元では絶対的な知名度を誇っている。三田の名前を出せば、あの三田家！と言われるほどに地域では名前が浸透しているのだ。

そんな実家を飛び出したとはいえ、私は父の事を憎んでいるわけでもない。大学まで行かせてもらったし、学生時代はお金の心配をすることなく生活させてくれたことを心から感謝している。

それに、あんな大きな会社を経営し、関連会社を含めると相当な数の社員たちの生活を支えている父は立派だと思うし、尊敬もしている。でも、ただ一つ。女性を見る目はなかったと思う。

——なんでよりによってあの人と再婚するかな……

数年前にそのことを父方の祖母に愚痴った。怒られるかと思ったけれど、意外にも祖母はどうしようもなかったとため息をついた。

『タイミングよく知り合いに勧められたのがあの人だったのよ。特別気になる経歴もないし、初婚だし。見合いの段階で向こうがすっかり雅司《まさし》のことを気に入ったみたいで、完全にその気になってて。雅司も面倒なのかこの人でいいですってあっさり。こっちが口を挟む隙なんかなかったわ』

不機嫌そうにこう言い放った祖母と継母は、とても仲が悪い。最初はそうでもなかったのだが、継母の行動に対して祖母がチクリと物申すことが増えていき、犬猿の仲となった。そのせいもあって、祖母は我が家に寄りつかなくなり、今では軽井沢にある別荘で一人優雅に暮らしている。

もちろんそれは私も同じで、妹が生まれてからというもの、継母はわかりやすく私を邪険に扱った。

顔を合わせれば無視、誕生日も祝ってくれない、学校の参観も使用人に行かせる。

どんなに学校でいい成績を取っても褒めてくれなかった。私がそんな目に遭っていても、仕事の忙しい父は知らない振りをしているのか、それとも本当に気がついていないのか、全くなにもしてくれなかった。父は私に関する全てを継母に託し、相談事も聞いてくれなくなった。

学生時代、友人達に家に居場所がないと話すと、決まって祖父母の家に行けばとアドバイスされた。私もできることならそうしたかったけれど、父が許してくれなかった。

『家族なんだから離れて暮らす必要はないだろう。家にいなさい』

言われたときはもちろん父に対して怒りが湧いた。

忙しい父は知らないだろう。食卓でいつも私が空気みたいな扱いを受けていること、父が私にとくれたものは全て妹や継母のものになっていること。

継母から面と向かってはっきりと、邪魔だから早く出ていけと言われていること。

これらのことが喉まで出かかったけれど、先のことを考えたら我慢するしかなかった。

お陰で大学進学を機に新生活を送るため家を出た、その当日の爽快感ったらなかった。

自分にきつい視線を送ってくる人が近くにいないだけで、こんなにも心の平穏が保たれる。そのことを知った。

――そう。近くに継母や妹がいないだけでめちゃくちゃ幸せなの。それなのに、現在妹の婚約者ってことになってる雪岡さんと一緒に暮らす、なんて知られたらとんでもないことになるじゃない。

仕事が休みの土曜日。午前中は部屋の掃除や洗濯をして、お昼ご飯を食べてから買い出しに出た。

アパートから徒歩十分くらいのところにあるスーパーで買い物の最中。昨夜の出来事を思い出してしまい気分が悪くなった。

とりあえず今日の目玉商品であるレンコンと、卵はかごに入れた。あとは適当に野菜とお魚、肉を買い込んで買い物は終了。

夕飯は残り物と、冷凍庫にあるもので適当に済ませようかな、なんて考えながらアパートへの道を歩いていると、昨日雪岡さんの車が停まっていた場所に今日は違う車が停まっていた。

――げっ……

見た瞬間、お化けでも見たかのような顔をしてしまった。

車を見ただけで誰の車かは一目瞭然。ピカピカに光る赤い塗装の外車は、まごうことなき継母の車だ。

嫌だなあ……と思いながら車に近づくと、私に気がついた継母が、車から出てきた。

「久しぶりね。買い物？　元気そうだこと」

私を見た瞬間、頭のてっぺんからつま先まで舐《な》めるような視線を送られる。

「……まあ、はい」

「一応顔見てこいって雅司さんが言うから、仕方なく来てあげたの。感謝しなさいよね。それと近々米を送るわ。ありがたく思いなさい」

「……はい、ありがとうございます」

車で来るなら持ってくれればいいのに。と喉まで出かかったけど、言わなかった。

この人がお米みたいな重たい物を自分で運ぶなんてありえない。そのことに気がついたから。

「……用件は、それだけですか？」

尋ねたら、継母の顔が少々険しくなった。

「他にもあるわよ。もしかしたら近いうちに、あなたのところに婚約者だと名乗る男が訪ねてくるかもしれない。でも、その男は桃の婚約者だから。あなた、はっきり断って追い払いなさいね」

――雪岡さんのことだ。

路肩に車を停めたまま、継母が私との距離を詰めてくる。

いつも思うけど、よくそんな高いヒール靴で運転ができるね？　というピンヒールに、リブ編みの膝丈ニットワンピース。長いストレートヘアは艶々だ。

もうとっくに四十を超えているはずの継母は、いつ見ても若々しい。この美を保つために、この人は日々どれだけ自分にお金をかけているのだろう。

――月一のヘアサロンに、ネイルサロン、エステ。サプリメントなんか何種類飲んでいるかわかんないくらい、らしいね。以前、この人が自分で言ってた。

そんな継母の努力を、おそらく父は知らない。そして継母も、きっと父には話していないはずだ。あの二人はそういう夫婦なのだ。

「わかってると思うけど、桃《もも》を差し置いてその男とどうにかなろうとか思わないでね」

「差し置いてなんて……」

さっきから彼女が口にする桃というのは妹のこと。

口調は穏やかだけど目が笑っていない。これは警告だ。

「そんなこと思っていません。それに、私に婚約者がいるなんて、今初めて知りました。どういうことなんですか」

雪岡さんから事情は聞いているけれど、敢えて知らない振りをした。

継母はそうでしょうね、と言わんばかりにふんと鼻を鳴らし、表情を緩めた。

「ずっとあなたの耳には入れないようにしてたからね。実は、だいぶ前から雅司さんの友人でもある雪岡さんの三十歳の息子さんと、あなたの婚約の話は出ていたのよ」

「そうなん……ですか？」

「そう。最初はふーんって感じで放っておいたんだけど、雪岡さんの息子、超難関大学から警察庁に入ったっていうじゃない？　しかも雪岡家は資産家だし、あんたの婚約者には勿体ないと思っていたのよ。なんなら婚約するのは桃でもいいんじゃないかってね。そしたら最近本人がうちに来てさ。しかもすごいイケメンだったのよ？　頭脳明晰《めいせき》で美男子の遺伝子をむざむざ藍にやるなんてとんでもない!!　あんなすごいスペック持ちなら、ぜひ桃の夫に欲しいわ。……ってことで、あの人を桃の婚約者にしたってわけ」

「……それ、お父さんは知ってるんですか？」

「言うわけないでしょ。でも、そんなのさっさと既成事実でも作っちゃえばなんとかなるわ。

相手を唆《そそのか》して、子どもでも作っちゃえば、ねえ？」

ぞっとする。

でも、継母の考えそうなことだと思った。

さすがにこの話を聞くと、狙われている雪岡さんが少々不憫《ふびん》になった。

継母が長い爪に施したネイルを見つめる。今日の彼女のネイルは赤。赤いマットな爪の表面に、キラキラ光る小さなストーンをちりばめている。

先端が鋭利な爪を見ていると、これで私を攻撃できるんじゃないかという気がしてくる。

「でもねえ……予想以上に雪岡さんがしぶとくてねえ……。藍から桃に変更って伝えたら、それに納得がいかないみたいなのよ。若い娘と結婚できるのにね、何が嫌なのかしら？　桃の可愛さをもってしても堕《お》ちないとか、あの男、なんなのかしら。警察なんかに勤めているから頭が固いのかしらね」

わからないわ、と訝しげに首を傾《かし》げる継母は、育子《いくこ》という。

私はあなたがわからない、と心の中で悪態をつく。

「桃とでは年齢が離れすぎじゃないですか？　桃だってそんな人との婚約は嫌がりそうですけど」

私の言葉に、育子が即座に手を横に振った。

「とーんでもない。桃は写真を見たらすぐその気になったわよ？」

「うそ」

「あの子、面食いだから。年齢なんか大した問題じゃないのよ」

「でも、桃と雪岡さんが結婚したら、三田家を継ぐ事はできないのでは？　雪岡さんだってそう簡単に警察を辞《や》めるとは思えないし……」

これに関しては、さすがの育子も口を尖《とが》らせた。

「そうかもしれないけど、やっぱり雪岡さんをあなたにやるのは惜しいのよね……。とにかく、雪岡さんは桃と結婚してもらうわ。そうよ、それが一番いい。家のことは雅司さんに任せておけばいいのよ」

ナイスアイディア!!　と自画自賛している育子を、冷めた目で見てしまう。

——この人って……自分と桃のことしか考えてないんだなあ……

父だってもう五十代。毎日遅くまで働き詰めで、ずっと元気でいられるという保証なんかないのに。

「だからね、あなたは雪岡さんみたいな人じゃなく、ごくごく普通の人とでも結婚して、さっさと三田家を出るといいわ。それで全てうまくいくの!!」

——まただよ。いつもこれだ……

家を出ろ、とこの人に今まで何度も言われてきた。

最初に言われたときは衝撃だったし悲しかったけれど、顔を合わせるたびに言われるとだんだん慣れてきて、今じゃ全く心が動かなくなった。

しかしさすがに立ち話も長くなってきて、さっきスーパーで買った品物が入ったエコバッグが、ずしりと肩にのしかかってきた。

「あなたもいい年だし、そろそろ男の一人くらいできたんじゃないの？　いいのよ、私達のことは気にせずさっさと結婚してくれても。雅司さんにはあとから私が言っておくから。藍が結婚するから家を出たい、って言ってるって」

ふふん、と鼻を鳴らす継母は、きっと私にはそんな相手がいないと知っている。

なんせこの人、定期的に私の周囲を嗅ぎ回っているみたいだから。

「いませんよ、そんなの。それ以前に私が勝手に結婚したら、あなたも父に叱られるんじゃないですか。私のことは全てあなたに任せていたはずなのに、どうなっているんだって」

育子の表情が曇った。

「……面倒くさい娘ね。いいのよ、そのときになればなんとでも言って誤魔化せるから。あなたがどうしても家から出たいとか、縁を切りたいって、とか？　私は泣いて縋《すが》って止めたけど、あなたがどうしてもって言うから、ってね」

どちらかと言えば私もあの家は出たい。そこだけは継母と意見が一致している。

でも、三田家は代々長子が家を継いでいる。男が生まれなければ、娘が婿を取って家を継ぐ。うちはそうやってこの代まで続いてきた。

だから祖父も父も、私に家を継がせたくて仕方がないらしい。

——いまどき古くさいとは思うけど、そこらへんの考えは頑として曲げないのよね、うちの男達は……

「わざわざありがとうございます。用件は以上ですか？」

ため息交じりで育子を見ると、また鼻で笑われる。

「せっかく来てあげたのに可愛くないわねえ。ああ、ちゃんと会った証拠に写真を撮らせてもらうわね。あとそうだ……これ、持って」

「へ」

育子が車の中から紙袋を取り出し、私の手に持たせた。エコバッグを持っていた手に何かが入った紙袋を持たされ、しかもまあまあ重みがあるので手がぶるぶるする。

自然と顔が引きつる私に育子がスマホを向け、シャッターをきる。

多分今の私、とんでもない顔をしていると思う。それでも育子は撮り直しを要求したりしない。

「これでよし。じゃ、確かに渡したから」

「いやあの、それよりもこれ、何……」

さっきから持たされている紙袋の中身を聞くと、ああ、と思い出したように説明される。

「最中《もなか》と羊羹《ようかん》の詰め合わせよ。私、そういうお菓子嫌いなのよね～。知り合いにもらったんだけど、いらないからあげるわ」

「……どうも……」

普段、父が私にとくれるものは、ほぼ育子が持っていく。しかし、まれにこのように自分たちの好みでないものを誰かにもらった時だけ、彼女は私に持ってくるのだ。

——なんで……。最中も羊羹も美味《おい》しいのに……。むしろラッキー……

「雪岡さんの件、くれぐれも余計な事しないでよ。向こうが何か言ってきたとしても、あんたは無視していればいいんだから。じゃあね」

ちらっと横目で私を見た後、長い髪を靡《なび》かせて継母が車に戻っていく。

颯爽《さっそう》と乗り込む姿は年の割に若いけれど、勢いがありすぎてこのあと車で私を轢《ひ》くんじゃないかと不安がよぎった。

——やば。怖。

慌てて歩道の端っこに避けると、すぐにエンジンを噴かせながら、継母の乗った車が私の前から去って行った。

エンジンの音が遠くに消え、静けさが戻ってきた。

本当にあの人と会うと、エネルギーを大量に消費してしまう。一緒に住んでいたときは毎日がこんな感じで、息をつく暇もなかった。

「……疲れた……」

これじゃせっかくの休みが台無しではないか。

ため息をつきながらアパートに戻り、買ってきたものを片付けてから紙袋に入った最中と羊羹を取り出した。

自分じゃあまり買わない高級な羊羹と最中。その存在にじわじわとテンションが上がってきたので、お茶を飲むためにお湯を沸かし始めた。

もう少しでお湯が沸きそうだというとき、ピンポン。と部屋の呼び鈴が鳴った。咄嗟に思い浮かべたのは、育子の顔だった。

——はあ⁉　まさか戻ってきた⁉

やっとこれで一息付けると思っていたのに。羊羹も最中も食べようとパッケージから出してお茶を淹れようとしているところなのに。

イラッとしながら玄関に行き、ドアスコープで誰なのかを確認もせずにドアを開けた。

「まだなんかあるんですか⁉　言っとくけどもう羊羹開けちゃったんでやっぱり返してって言われても返品できませんからねっ‼」

早口で全部言い切ってから、目の前にいる人物を前に固まった。

「羊羹……開けちゃったんだ？」

育子ではなかった。微笑んでいるのは、昨日もここへ来た雪岡宏一郎さんだった。彼は昨日と同じようなスーツ姿で私の前に立っていた。

「え……」

背中の中心を、ひんやりとしたものが流れていく。

――な……なんでこの人がここに⁉

驚きすぎて言葉が出てこない私を見て、雪岡さんが堪えきれず笑い出した。

「あっは‼　なに今の、面白すぎない？　羊羹返品ってなに？」

さっきは背中がヒヤッとしたのに、今は恥ずかしすぎて顔が熱い。

「……っ、なんでもないです……。それよりもなんなんですか？　二日連続で来るってどういうことですか？」

「いや、昨日は仕事の合間にちょっと顔出しただけ。今日は一応休みなんで、昨日よりはゆっくり話せるかなと思って」

涼しい顔でこんなことを言う雪岡さんは、昨日私が言ったことを忘れてしまったのだろうか。

――でも、さっきの育子の話からすると、この人超難関大学を出て警察庁に入ったらしいし。

昨日私が見た身分証も確かに警察庁って書いてあった。

「警察って……土曜日はお休みなんですか？」

「うちは警察庁なので。呼び出されることもあるけど、土日は休みだよ。一応ね」

「そ、そうなんですね？」

警察関係者が身近にいないので、そういったことはよくわからない。でも、警察は事件が起きればいつでも現場に駆けつけるイメージだった。

「……もしかして、警察庁って警視庁とは違います？」

これを雪岡さんが静かに肯定した。

「違うね。東京都を管轄としているのが警視庁で、都道府県警察を統括指揮監督管理するのが警察庁だから。警察組織そのものの運営をするのが警察庁です」

なるほど、と頷《うなず》く。

今まで調べようと思ったことがなかったから調べたことがなかったけど、教えてもらって違いがはっきりした。

「そうでしたか……。言われるまでよくわかってなかったので、教えてもらって勉強になりました。不勉強ですみませんでした」

「いや。違いがわからない、と言われたことは何度かあるのでお気になさらず。それに知らないままでも生きることはできる」

「は、はあ……」

恐縮しながら雪岡さんを見る。今日は休日のはずなのに、なぜスーツを身につけているのだろうか。それも気になるが、さっきこの人が発した言葉の中に気になる文言《もんごん》があったのを思い出した。

「昨日、うちに来たのが仕事の合間……？　もしかしてあの後また職場に戻ったんですか？」

「そう。戻ってまた仕事。でも今日は多分大丈夫」

「多分大丈夫って、なに……」

「なんかあれば呼ばれるけど、とりあえずは大丈夫かなと」

一難去ってまた一難。今度はこの人かと、膝から崩れ落ちそうになる。

――せっかくの休みなのに、台無し……

「も……もう、話すことなんかないです。なのになんで……」

困惑気味に雪岡さんを見ると、なぜか彼の目が一瞬鋭くなった。

「さっき君の継母来てたね」

ズバリ言われて、ギョッとする。

「！　どっ……どこから見てたんですか……？」

別に、育子と私は家族なので、話をするのが悪というわけではない。なのに、雪岡さんが醸し出す得体の知れない圧みたいなものが、なぜか私を挙動不審にさせた。

「どこって……車を駅近のパーキングに停めて歩いてきたんだけど、遠くからでも赤い外車が目立ってたからすぐわかった。あの車、珍しいしね」

「目立ちますからね、あの車は……」

思い返せば、育子は昔から赤い車ばかり好む。何度目かでまた赤い車に乗り換えたとき、さすがに父が「もっと地味な色の車にしなさい」と苦言を呈したらしいが、彼女はそれを無視して、その次も赤い車に乗り続けている。

――まあ、私は育子が私のところに来ないでくれたら、どんな車に乗ってても気にしないけど。

呆《あき》れていると、ずっと私の反応を窺《うかが》っていた雪岡さんが口を開いた。

「それもあるけど実は、君のこの部屋がわかったのも、あの赤い車の行動歴を調べたことがきっかけだったんだ。以前三田家に行ったときにナンバーと車種を控えておいたから」

——そういえばこの人、うちに来たことがあるのよね。

「あの……雪岡さんが私の実家に行ったとき、父はいなかったんですか？」

「いや、お父上はいなかった。今、新規事業の関係で海外に行ってるようだね。だから代理で君の母上が対応してくれたんだけど、とんだ無駄足だった。またお父上がいるときに改めて伺うよ」

「そのときに調べたんですか、母を？」

「君が実家を出ているのを知って探しているとき、ここからすぐ近くの幹線道路であの赤い車を見つけてね。なんとなく気になって興信所に調べるよう頼んだら、当たりだった。さっきと同じ場所に停まって、このアパートに入っていく画像を見て、君の部屋がここだとわかった。さっきもそうだけど、君はあの人を部屋には入れないんだね。なぜ？」

正直、そんなことまで見られていて驚いた。

「よく調べましたね。……あの、その前に部屋に入ってもらってもいいですか？　今日は土曜で、アパートの皆さんが部屋の中にいるかもしれないので」

「ああ、ごめん。ではお言葉に甘えて、お邪魔します」

二度目ともなると昨夜よりは緊張しない。

普通に若い男性を部屋に上げている自分がよくわからなくなってくるけど、雪岡さんもまだ話があるようだし、私もこの人にいろいろ聞きたいことがある。

「麦茶飲まれますか？」

「はい。いただきます」

自分でポットにお茶パックを入れて作った麦茶を、コップに注ぐ。

それを昨日と同じ場所に腰を下ろした雪岡さんに手渡した。彼はすぐにそれを口に運び、コップの半分くらいになるまで飲んでから、床に置いたトレーに載せた。

「昨夜ここを出たあと、君を驚かせてしまったことを反省したんだ。君の都合を全く考えず自分勝手極まりない行動だった。本当に申し訳なかった」

このとおりだ。と頭を下げられてしまい、えっ。と目を丸くした。

「え？　た……確かに驚きはしましたけど……でも、そんなふうに頭を下げられても困ります、やめてください」

突然来られて、いきなり結婚しようとか言われて正直怖っ、と思っていた。

もちろん今でも完全に心を許しているわけではない。話が聞きたいから仕方なく部屋に上げているだけだ。

「本当は不快だっただろ？」

はい。というのもなんだか悪い気がして、少し考えてから口を開いた。

「……不快と言うより、戸惑いの方が大きかったです。……私を助けたいというお気持ちは……なんといいますか、ありがたいというか、嬉しくもあります。でも、あくまで気持ちだけです。実際に助けていただかなくても大丈夫です」

あくまで気持ち、のところはちゃんと強調した。それを聞いた雪岡さんが、なぜかクッ、と肩を揺らした。

「しっかりしてるね。そういうことを言われると、ますます諦められなくなるな」

「な、なんで……!!」

反論しようとしたら、雪岡さんがスッと麦茶の入ったコップを目の前に掲げた。

「三田家で何不自由なく育ったわりには、こういったアパートを選んだり、麦茶はペットボトルを買わずにパックで水出し。無駄を省く質素な暮らしに徹しているところが素晴らしい」

グラスと同じ位置にある雪岡さんの目が優しい。

この男性のことなどなんとも思っていない。なのになぜかドキドキする。

——な……なんで？　なんでこんな気持ちに……

でもその答えはすぐに出た。雪岡さんが美男子だからだ。

普段この人ほどの美男子と遭遇する機会なんかないし、二人で会話した経験がないからだ。

男慣れしていない自分を心の中で嘆きつつ、背筋を伸ばして雪岡さんと対峙《たいじ》する。

「それにしてもあの三田家のご当主が、よくこのアパートに住むことを許したな」

南にある窓の方を見ながら、雪岡さんがため息交じりに呟《つぶや》いた。いつもだと窓のカーテンレールに洗濯物がかかっているのだが、先に取り込んでおいてよかった。

言いたいことはわかる。

私がこのアパートに住む、と父に言ったら絶対怒る。なのになぜ私がここに住めているのか。それは父が私に関する全てを育子に任せているからだ。

「父は未だに私がここに住んでいることを知らないと思いますよ。多分、知ったらめちゃくちゃ怒られるんじゃないかな、私が」

「ではなぜ……？」

「ここ、勤め先の社長の持ち物で、この部屋は会社の借り上げ社宅として使わせてもらってるんです。かなり築年数が経過していることもあって、社長の厚意で光熱費の負担のみでいいと言われて即決しました。家賃がいらないなんて夢のような話じゃないですか。それがあるから今の職場を選んだようなものです」

部屋の中に視線を送りながら説明すると、雪岡さんも同じようにぐるっと周囲を見回した。

「社宅。ここが……」

しみじみ頷く雪岡さんに、頷き返す。

「もちろん住み始める前に母には言いました。彼女はこのアパートを実際に見て、いいじゃない、と喜んでいました。私によくお似合いだとね。……まあ、嫌みですよ。私がこんなところに住んでいることが楽しくてたまらないんだと思います。だから父に言わないでくれているんですよ。バレて実家に戻るなんてことになったら、一番嫌がるのは母でしょうから」

万が一父にここに住んでいることがバレたとしても、ずる賢い育子は父の怒りが自分に向かないよう、しっかり言い逃れするはずだ。

あんなボロアパートに住むなんて知らなかった、知ってからは自分は精一杯違うアパートに住むよう勧めた、でも藍が言うことをきかなかった、とかなんとか言って責任を全て私に押しつける。

あの人はいつもそうだ。

「でも、いいんです。ここでの生活はそれなりに気に入っているし、今の会社を辞める気もないです。決してお給料は高くないけれど、生きていくために必要な額は稼げます。だから……」

「君がそれで満足しているのは喜ばしいことだね。でも」

雪岡さんがじっ、と私を見つめてくる。

「約十年、婚約者の君と再会する日を楽しみにして生きてきた俺は、そう簡単に気持ちを切り変えられないな」

雪岡さんがコップに入った麦茶を飲み干した。

おかわりはいるかと尋ねたら、結構、と手で制された。

「今日会ってみて、やっぱりこのまま君との婚約関係を維持したいと思った。それに、君をあの三田家から救い出したいという気持ちはますます強くなった。だから、君には大変申し訳ないけれど、諦めるわけにはいかない」

「そ……そんな！　あなたがそういう態度に出ると、母と妹を刺激してしまうことになります。ゆ、雪岡さん……は頭のいい方なんだから、それくらいわかるでしょう？　私は、これ以上面倒なことになるのはご免なんですよ」

頼むからわかってくれ、という気持ちを込めて訴えた。そんな私との距離を詰めるように、雪岡さんが手を使って座ったまま私に近づいた。

「面倒なことになったら、俺が君をあの二人から守る。だから、俺と一緒になろう」

形の良い口から、これまで聞いた事がないような甘い言葉が紡がれる。言われた瞬間、これが現実とは思えなくて頭が真っ白になってしまう。

でも、すぐに我に返った。

「〜〜〜〜っ……!!　そ、そんな……甘い言葉に私が絆《ほだ》されると……」

「だろうな。俺も一度言っただけで君が首を縦に振るとは思ってない。まあ、じっくり考えてみてくれ。ずっとこのまま三田家の人々の動向を気にして生きるのか、それとも俺のところに来て、新しい人生を歩むか。選ぶのは君だから」

さあどうする、と言わんばかりに答えを求めてくる雪岡さんに、たじろぐ。

「選べったって……そんなことすぐに決められるわけないです。母はあなたが近々私に会いにくるはずだ、とも言ってました。もしかしたら、私の知らないところで人を雇って私や雪岡さんの身辺調査をしている可能性だって……」

「それもあるかもしれないね。でも、母上が俺がここに来ることを知っていたのは、俺が君の母上に一言申し上げたからだと思うよ」

涼しい顔の雪岡さんは、育子のことなど気に留めていない。そんなふうに見えた。

「母に一言って……なにを言ったんです？」

「そりゃ、思っていることをはっきり言っただけだよ。俺が結婚したいのは三田家の長女、藍さんだと。桃さんのことは恋愛対象として見ることはできない、とね？ かなりお怒りのご様子だったけど、本音だからどうにもならない」

あの育子にそこまで言ったなんて、と呆気《あっけ》にとられた。

「よくそんなことを……。あの人、怒ってませんでした？」

「うん。あれはむちゃくちゃ怒ってたと思うね。でも、妹さんを婚約者とされるのはこっちも納得がいかなかったので」

「……あの、そんなに妹との婚約が嫌なら、雪岡さんのお父様に相談するのがいいのでは？ そもそも婚約自体、決めたのはうちの父と雪岡さんのお父様ですし」

咄嗟に頭に浮かんだ解決策。

当人達がどうこう言ってだめなら、約束を交わした人達同士で話し合ってもらうのが一番いいのではないだろうか。

しかしこれに対して、雪岡さんが伏し目がちに首を横に振った。

「うちの父親は三田家を敵に回したくないと言って、この件に関してはノータッチだ。もちろん事前に相談はしたけれど、お前のことはお前がなんとかしろと言って終わり」

「そんな……！　父は、公私混同するような人ではないと思います。たとえ私との婚約を解消しても、雪岡さんのお父様の敵に回るようなことはありえません」

父の事は好きではない。本来ならフォローなんかしたくないけれど、あの人は私情をビジネスに持ち込んだりはしないはずだ。

きっと雪岡さんから縁談はなしにしてくれと言われたら、父は二つ返事でわかった、と言いそうなのに。

「そうかもしれないけれど、俺も縁談みたいな個人的なことであまり親を煩わせたくないんでね。そう言われてしまったら、はいわかりましたと頷くしか方法がなかった。ま、結果的に状況は何も変えられていないんだけど」

「そう、ですか……」

なんだかすごく、この人に手間を取らせているような気がしてならない。

そこまでして私を求めてくれるのが、なんだかこそばゆいというか、不可解というか。

言葉では言い表せない、なんともむず痒《がゆ》い気分だ。

「本当にどうしたらいいんでしょうね……」

特別何かを考えながら発した言葉ではなかった。なんとなく、口から漏れ出た言葉に、雪岡さんが素早く反応した。

「変わろうよ」

「え……」

「君は何も悪くないのに、いつまで虐げられ続けるつもり？　こんなの俺が納得いかない。家のことが気になるのはわかるけど、今のままじゃ三田家に未来はない。そんな家の為《ため》に君が犠牲になる必要はないよ」

急に出てきた三田家の未来の話に、思わずきょとんとしてしまった。

「三田家に未来がない……？　な、なぜですか？　事業も上手くいっていると聞いていますし、継母や妹のこと以外で懸念されていることなどないはず……」

聞き返したら、今度は雪岡さんが目を丸くした。

「……まさか。君、家の事を何も聞いていないのか」

「ないですね。定期連絡してくるのは主に母ですし、妹は家業のことなんか何も知りません。それに、父は私に事業のことなんか、今まで何一つ話してくれたことはありませんから」

「……へえ。もしかして君の父上は、今の代で代々続いた三田家を終わりにするつもりなのかもな」

「はあ⁉　まさかそんな。そんなわけないです‼　何より家を大事にしてきた父や祖父がそんなことを許すはずがありません」

少しだけ声を荒げたら、雪岡さんがふーん、と脚を崩した。

「その割には最近の三田家、あまり良い噂を聞かないのでね。君の母上でもある後妻さんがいろいろ引っかき回してくれているお陰で、三田家の縁者から本家のやり方に不満の声も出ている。あの後妻が好き放題やっていると、そのうち三田家は終わる、と」

「え……」

うちが終わるなんて。

今まであの家がどうなろうがどうでもいいと思っていた。でも、実際にそういう話を他人から聞くと胸が痛んだ。

「そんな話、初めて聞きました……」

「父上は君の耳に入れたくないのではないかな。これは俺の勝手な憶測だけど、君が今家を出ていることに少なからず安堵している可能性だってある。だって、本気で君を家に連れ戻したければ、三田家ならどんな手でも使えるはずだ。それをしないってことは、家に戻しても君が安心して暮らせないとわかっているからじゃないか」

今のは雪岡さんの勝手な憶測に過ぎない。

なのに、なんだか胸に矢が刺さったみたいに痛みが走った。

「そんなことあるわけないです。だって、父は母をとても大事にしているし、妹の桃を溺愛しているんです。私のことなんかどうでもいいはずです」

これになぜか雪岡さんがムッとする。

「君が実家にいたのはもう十年も前のことだろう？　当時君の妹はまだ九歳。反抗期すら迎えていないんだ、可愛いに決まってる。でも今は違う。十九となった妹さんは立派な成人だ。以前のようにただ可愛がるだけではだめだと、君の父上はわかっているはずだ」

吐き捨てるように気持ちを打ち明けた私に、雪岡さんが食い気味に反論する。

彼の言うことがいちいちもっともすぎて、何も言葉が出てこない。

「そ……、それは、そうかもしれませんけど……」

「血が繋がっていない母上はどうかわからないけれど、父上は間違いなく君のことを大事に思っているはずだ。そこだけは自信持って言わせてもらう」

なんで身内でもないこの人がこんなに自信たっぷりなのだろう。

無言で雪岡さんを見ていたら、だんだん笑いがこみ上げて来た。

「ちょ……。雪岡さん、私の父に直接会ってないじゃないですか!!　それなのになんでそんなに自信たっぷりに……」

「ん？　だって三田さんのことはうちの父から聞いてるし……。真面目でしっかりしてて、面倒見もいい。誰からも慕われるいい男だったって。あ、学生時代の話ね。うちの父と三田さん、高校が一緒なんだそうだ」

「ええ？　うちの父が⁉　誰からも慕われてたなんて……初めて聞いた」

驚く私を見て、ははは。と雪岡さんが軽やかに笑った。

「初めて聞くことばかりだねえ。君、どれくらい家に帰ってないの？」

「ちゃんと年に一度は帰ってますよ。でも、正月で親族が集まってるときが多いから、父とはゆっくり話せていないんです」

何かあれば育子から連絡をもらうくらいで、父としっかり話したのは高校時代が最後だ。

ありがたいことに父は健康で、今まで大きな病気をしたことがない。元気で働くことができているなら特別話すことはないと思い、会っても簡単な近況報告くらいですませていた。

黙って考え込む私の肩に、雪岡さんがぽん、と手を載せた。

「近いうちに父上と直接話し合ってみるのもいいかもしれないよ。避けてばかりいてはなにも変わらない。人生を変えたいなら自ら行動しないと」

「……雪岡さんて、なんか……先生みたいですね」

「先生みたいと言われたのは初めてだな」

私に言われたことが恥ずかしいのか、彼がぽりぽりとこめかみの辺りを指で掻《か》いた。

こうしていると、目の前のこの人が警察関係者だなんて、ちょっと信じられないかも。

「雪岡さんって、警察庁ではどんなお仕事されてるんですか？　あ、警察官だと階級がありますよね、雪岡さんはどのあたり……」

素朴な質問をぶつけたら、彼がクスッとする。

「役職は課長補佐だよ」

「課長補佐さんですか……」

「まあ、警察庁で言うところの課長補佐って警視なんだけどね」

警視、と言われて一瞬頭が真っ白になる。

警察に関わったことがないからいまいち疎い私でも、巡査部長とか警部とか警部補はわかる。

確か警視って、警部補より上……

その事実に気付いてしまい、思わず声を上げてしまう。

「えええええっ!! け、警視!? だって、まだ三十歳……」

「一応、国家公務員総合職試験に合格してるんで、警部補スタートなんだよね。だからいわゆるキャリアだったりする」

「キャリア……は、初めて見ました、本当にいるんだ……」

「いやいや、普通に同じ人間だから。そんなまじまじ見つめられるようなもんでもないんで」

無意識のうちに雪岡さんをすごい目で見ていたらしい。さすがに見過ぎたと思って、それとなく視線を逸らした。

「ま、とにかく俺とのこと考えてみて。それでもし、考えが変わったらいつでもいいから連絡くれないかな。これ、連絡先」

はい、と言って手渡されたメモ用紙。そこには雪岡宏一郎と手書きで書かれた名前と、携帯電話の番号、それとトークアプリのＩＤが記されていた。

「……あ、ありがとうございます。でも、私、きっとあなたの気持ちには応《こた》えられな……」

「それも含めて、ちょっと考えてみてよ。もちろんすぐ結婚しろっていうわけじゃない。最初は普通に恋人としてデートからでもどうかな。美味《うま》い飯でも食べに行こうよ」

「ちょ……!!　な、私、断ってるのに、なんで……」

ずっと婚約者と呼ばれていたせいか、いきなり恋人と言われて激しく動揺してしまった。

「まあまあ。なんだかんだで、俺たち気が合うかもしれないし？　一緒に行動してみないとお互いのことなんかわかんないだろ？　そういうわけで、また誘いに来るよ」

雪岡さんが立ち上がり、まっすぐ玄関に向かう。

「誘いにって……」

困惑しながら彼の背中を見つめていたら、なぜだか彼に声をかけないといけないような気がしてきた。

──昨日は仕事の合間、今日は貴重なお休みの日に、わざわざ私のところに来てくれたんだよね……。……いや、別に来てくれって頼んだわけじゃないけど……でも、私のことを気遣ってくれてたよね、この人……

助けたいとか、俺のところに来ないかとか。それって今の私の状況を不憫に思っているということだ。

確かに、いくら私が今の生活に不満がなくとも、傍《はた》から見たら私の状況ってそうとしか見えないのかもしれない。

「……なんだかすみません。私、雪岡さんにだいぶ迷惑をかけているようで……」

玄関で靴を履いていた雪岡さんが、肩越しに私を振り返る。

「迷惑？　そんなことは全くないけど」

「だって……。私なんかが婚約者ってことになっていなければ、三田家まで出向いたり、私のアパートを探し出したりする必要はなかったはずですよね。それだけでもじゅうぶんご迷惑をかけていると思います」

「そんなことはないよ」

雪岡さんが振り返り、私と向き合った。

「それに、職業柄調べたりするのは全く気にならない。三田家に出向くのも、凶悪犯がいるとわかっている建物に突入することに比べたら、全く気楽なもんだ。だから何も気にすることはないよ」

「そ……、そう言ってもらえると、少し気が楽になります……」

「それよりも一刻も早く、俺を男として見てくれることを願ってるよ」

「え」

顔を上げたら、クスッと笑った雪岡さんが視界に入った。

「じゃ」

振り返りざま、軽く手を挙げて部屋を出て行った雪岡さんを無言で見送った。

本当に、本当に、あの人を異性として意識などしていない。……いや、意識していないはずだった。なのに、彼の笑顔が残像のように残って頭の片隅から消えないのは、どうしてだろう。

「……どうしてなんだろう……」

自分でもよくわからないまま、その答えを出すのは後回しにした。

第二章　名家の人達（雪岡さん含む）

私が通っていた学校は、世間では名門と言われる女子校だった。

初等部から大学部までずっと同じ仲間達と過ごした。そのお陰で、今でも定期的に会ってお互いの近況を報告し合うほどに絆《きずな》が深い。

そして同級生も私と同じように名家の令嬢であったり、裕福な家庭の娘が多かった。

「お」

職場で昼休みに入り、自作のお弁当を食べながらスマホをチェックしたら、次の集まりについての知らせが届いていた。

【今度の金曜の夜、このお店でどうかな】

今回幹事になっている友人からのメッセージは、集まる場所と時間について。

いつも幹事となる人が自由に店を決められるので、異論なし。彼女からのメッセージに了解、とスタンプで返した。

子どもの頃から付き合いのある私達も、今はもう二十八歳。結婚して出産をした子もいるし、私のように実家から離れて自分の道を歩み始めた子もいる。もちろん、今でも独身で優雅なお嬢様生活をしている子もいるけれど。

皆、それぞれ違った人生を歩んでいる。それが私にとってはとても心強くて、励みになる。だから彼女達と会えると思うとそれだけで気分が上がるし、会えば実際に嫌なことも忘れられる、とても心待ちにしている集まりなのだ。


そして、友人達との約束の当日。仕事を終えて急いで指定された場所に向かうと、数人の友人がすでに集まっていた。

「藍～！」

ターミナル駅の近くにあるビルの一階、安価で美味しいが売りの居酒屋はすでに賑《にぎ》わっている。私達の席は一階の角にある座敷だ。

「久しぶり……でもないか！　三ヶ月前に会ってるもんね」

笑い合いながら空いている座布団の上に座った。するとすぐに、隣にいた友人が話しかけてきた。

「私、今日もこの集まりに参加するためだけに田舎から出てきた」

「そうなの!?　お疲れだよ～！　今夜は実家に泊まるの？」

「そう。泊まって、明日には帰るけどね。家のこととか作物のことが気になっちゃって」

こう言って笑う友人は、照美《てるみ》という。

私よりも細身の照美は、その細い体のどこからそんな力が出るのか不思議なくらいパワフルな女性である。

彼女も大学を卒業後、実家を出た仲間だ。自分の好きなこと、やりたいことをやると決め、なんと全くあてのない遠方の山村に行ってしまった。

今はそこで農業をやりながら、同じようにあてもなくやってきた人と一緒に暮らしているのだという。最初に聞いたとき、お米を薪釜《まきがま》で炊くために薪割りをしていると言っていて、とても衝撃を受けた。

今の彼女は色白で見るからにお嬢様といった、昔の外見とはほど遠い。日焼けして、以前より筋肉のついた腕を見ると、本当に照美なのか疑いたくなる。

——照美の話を聞くと、私なんかまだまだなあっていつも思うのよね……

一応私も、父から援助はもらっていない。

でも定期的にこの前のように育子が来て食べるものを置いていったり、定期連絡を欠かしていないことを考えたら、なんだかんだで家との繋がりが完全に絶たれていないことを思い知らされる。

本当に、本当の意味で、私が完全に家離れできるのはいつなのだろう。

そのことを考えると、全く予想ができなくて気が遠くなりそうだ。

「藍は相変わらずこっちで一人暮らし？　お父さんはまだ帰ってこいって言ってるの？」

日焼けした照美に微笑みながら問われて、うん、と頷く。

「一人暮らしは変わらないよ。親は……前ほどは帰ってこいって言わないけど、でも定期的に継母が様子を見に来てる。つい先日も来て、ちゃんと私に会った証拠だって言ってスマホで写真撮って行ったわ」

「はは。相変わらずだねえ。でも、うちと藍のところじゃ家の格みたいなものが全然違うから。うちはほら、ただの成金だし。祖父がでっかくした会社を父親が受け継いだだけで、別に名家とかそんなんじゃないからなあ」

「そんなことないよ、照美のところだって大きな会社じゃない。この前、テレビ番組にお父さんが出てインタビュー受けてんの見たよ」

「うちの親、ああいうの好きなんだよね。宣伝にもなるからってオファーは断らない主義らしいし」

照美の父は飲食店チェーンの社長である。夕飯時に何気なく点《つ》けたテレビ番組で店の商品を紹介するという企画があり、そこに彼女の父が出演していたのだ。

「あー、見た見た。照美ってお父さん似だよね」

私達の会話にほかの友人が混ざる。

この子は父親が経営する会社に勤務中。もう一人の子も親が経営する会社の子会社に勤務しつつ、趣味の人形作りだったりパッチワークを楽しんでいるらしい。前回の飲み会のときに彼女が作ってくれたパッチワークのポーチをもらった。それは今でも私の化粧ポーチとして大活躍している。

大体仲間が揃《そろ》い、残すはあと一人。その子を待っていると、ついにその最後の一人がやってきた。

「こんばんは～」

ひょこっと顔を出したその子は、武藤優香子《むとうゆかこ》。彼女もかなり財力のある家の令嬢だ。

「優香子来たー!!」

「どうも～！　皆さんお元気～？」

全員が揃ったところで乾杯し、宴会が始まる。

お嬢様育ちばかりが集まっても、私達が飲むものはビールや焼酎が多い。しかもみんな結構お酒に強くて、時間が経過するごとにどんどんジョッキやグラスが空になっていく。

それぞれの近況報告、会社での愚痴、彼氏の愚痴。いろんな話で盛り上がり、お腹《なか》が痛くなるくらい笑い転げた。

楽しい時間はあっという間に過ぎ、宴会開始から二時間が経過した頃。私の隣に優香子が座った。

「よ。どうよ、三田家のお嬢様。相変わらず一人でやってるみたいじゃん」

「まあね。ぼちぼちやってるよ」

優香子の父親とうちの父親は共に経済界の連合会で役員をしている関係上、会えば会話をする仲なのである。

優香子と彼女の父親は関係が良好で、うちの父親が私の話をすれば、彼女の父親がそれを優香子に報告する。もしくはうちの育子がなにかをやらかせば、すぐに情報が彼女の父親の耳に入る。

そういう経緯があるので、彼女はうちの事情をよく知っている。

「藍が頑張ってるのはいいことだ。でも、ここ最近のあんたんち、ちょっと状況がよろしくないようよ」

ずっとテンションが高かった優香子が、急に声を潜めてくる。

「状況がよくない？」

家のことは、この前、雪岡さんもちらっとそんなことを言っていた。だから余計、彼女の口から出た不穏な話題に、神妙になってしまう。

「会社の経営はいいのよ、順調。そっちじゃなくて、あんたんとこの継母さん。あっちこっちで面倒ごとを起こしてるみたいでさ。うちの父もそうだけど、まあ嫌ってて。評判ひどいらしいよ」

「育子の評判は私の中ではずいぶん前から下の下だけど。あの人、一体何をやらかしてるわけ？」

「んー、どうやら継母さんの兄を強引に子会社の重役にしろってごねたらしい。そのために年配の重役に引退を迫ったりして、周囲からかなり顰蹙《ひんしゅく》買ったらしいわ。結局兄が重役に就任したんだけど、そいつがやりたい放題やるから子会社の内情ぐちゃぐちゃだって。できる社員たちが呆れて大量に離職し始めて、大問題になってるみたいよ」

「ひえ……。でも、育子ならやりそう」

容易に想像はつく。

結婚して間もなくは貞淑な妻であり、よき母を演じていた。けれど、年数が経過するごとにあの人はどんどんやりたい放題になった。

妻としてだけでなく、いつしか父の会社の経営にも口を出すようになった。さすがにあまりにひどい言動は父に窘《たしな》められるらしいが、父の見ていないところではひどいらしい。経営するショッピングモールの従業員にキツく当たるのはもう常態化しており、育子が来るという連絡があると、社員がピリつくらしい。

この情報を数年前優香子から聞いた。あのときは「あの人ならやりそう」くらいの軽い感じで聞いていたけれど、雪岡さんからもその話を聞いたばかりなので、深刻さが身に染みた。

「うちの父親、気づいてないのかな……。それとも惚《ほ》れた弱みで何も言えないのかな」

ため息をつきながら、何杯目かのレモンハイが入ったグラスを口に付けた。

「あの惨状を見て見ぬふりはヤバいよ、ってうちの父が言ってた。……あとさあ、藍って、雪岡っていう資産家の息子と婚約してんのってマジ？」

ここへきて優香子の口から雪岡さんの名前が出てきて、驚きのあまり口の端からレモンハイがこぼれそうになる。

「ゆっ……!?　な、なんでその名前が……っ」

私の反応を見て、優香子なりに思うところがあったらしい。彼女がはは一んと言って笑った。

「事実だね、これは。いや、その話ももううちの父の耳に入ってて。でも、当の雪岡さんがその件に関しては息子に任せているからって一切口を割らないから、どうなってるかはわかんないんだけど」

おしぼりで口を拭ってから、優香子の方を向く。

「いや……合ってる。私も最近知ったんだけど。でも、今はそれ、相手が私じゃなくて妹の桃になったの。元々は私に来た話なんだけどね。この前私のところに雪岡さん本人が来て教えてくれた」

「なんで妹に変わったのよ」

「育子が勝手に変えた」

「なるほど。あの人ならやりそうね」

優香子がすぐに理解して、深く頷いていた。

「聞くところによるとその資産家の雪岡さんって若い頃からすごいイケメンで、イケオジなんだって？　その人の息子だから勝手に期待値上げてたけど、実際息子もイケメンらしいじゃない。そんな人を妹にやるなんて勿体ないわよ。藍、奪っちゃえば？」

「いや、待って。その件に関しては、育子に釘刺されてるから。雪岡さんと婚約しているのは桃で、私じゃないって。もし私が雪岡さんと婚約なんかしたら、育子があり得ないくらい怒るよ」

ここでまさかその話になるとは思わなかった。

仲間との再会ですっかり忘れていたのに、一気に現実に引き戻された感じだ。

「継母のことなんかいいじゃん。あんたの父親が本気出せば、継母なんか何もできなくなるだろうし」

「そういうわけにはいかないでしょう。実際、桃は父との子なんだし。それに、雪岡さんとの婚姻は桃も望んでいるらしいし……私が出る幕はないのよ」

「でもそれじゃ当事者の雪岡さんがかわいそうじゃない。あんたの妹と結婚なんかしたら、義理の母親に一生搾取される人生を送ることになるのよ」

「えっ……」

言われて気づく。

確かにこのままでは、雪岡さんが桃と結婚する可能性が高い。そうなった場合、あの育子のことだ。絶対に結婚後も二人の生活に口を出すだろうし、子供が生まれたらその子の人生にも関わろうとするかもしれない。

そんなの想像しただけで地獄だ。さすがに雪岡さんが可哀想すぎる。

まだ雪岡さんとは二回しか会ってないし、あの人のことが好きになったわけじゃない。でもあの人が桃と結婚して、私みたいに育子から生活を監視されるような目に遭わせるのは、なんだか納得がいかなかった。

「……私、自分のことばっかりで雪岡さんのこと考えてなかった。すっかり忘れてたけど、もし雪岡さんが桃と結婚したらそういうことになるのよね……」

「そーよ。ただ被害者を増やすだけじゃない。でもまあ、雪岡家のことなんかどうだっていいなら、このまま進めちゃえばいいんじゃないの」

「どっ!! どうでもよくなんかないよ!! 育子に振り回されるのは私だけでじゅうぶんよ。被害者なんか増やしちゃだめよ」

じっと私の顔をのぞき込んでいた優香子が、小さく首を傾げた。

「……その慌てぶり……さては、その雪岡さんって藍の好みなんだな? 藍、実はもうその人のこと好きになってたりして……」

優香子の推測にカッ! と顔に熱が集中する。

「なっ、なんで!! そんなわけないじゃない!! だってまだ二回しか会ってないのにっ」

「何言ってんの〜、会った回数なんか関係ないわ。大体好きになれそうなら初対面でなんとなくわかるじゃない。会ってもいやな感じがしなければ、好きになる可能性はあるのよ」

「見てもいないのになんでそんなことがわかるの……」

ジトっとした視線を送ると、優香子がふふん、と勝ち誇ったように笑った。

「藍のこと何年見てきたと思ってんの。あんた、興味がなければ全く相手に感心がないじゃない。下手したらこの件だって、雪岡さんが無理矢理妹と結婚させられそうになっても、『桃、可愛いからいいんじゃない?』とか言いそうなのにさっきの慌てぶり。これは少なからず相手のことが気になっているとみた」

そうじゃないと反論したいのに、うまい文言が浮かんでこない。

優香子は私のことをよくわかっている。さすが、伊達《だて》に長い時間を共に過ごしてきたわけじゃない。

——彼女の言うとおり、私、最初に比べたら雪岡さんのこと嫌じゃないんだよね……。なんだかんだで私のこと心配してくれるのが、素直にありがたいなって思えたし。それに私、人生で家族や親族以外の男性にあんなこと言われたの、初めてだったし……

恋愛経験皆無で男慣れしていないからと言われてしまえばそれまで。でも、これまで勤めた職場に男性はいたし、向こうが私を気に入ってくれて食事に誘われた経験は何度かあった。それでも私はまったくその気になれず、どの人の誘いにも乗らなかった。

そんな私が、人生で初めて心を揺さぶられたのが雪岡さんだ。

この前、私の部屋から帰ろうとする彼の背中を見て、なんとも言えない気持ちになった。

正直言って、会った次の日も、その翌日も、頭の中には常に雪岡さんの姿が浮かんでいたくらいだ。

しかしこの場で優香子にそれを話したら、雪岡さんのことが好きだと言ってるようなものだ。よって黙る。

「……気になってるといえばそうなるけど、まだ恋愛とかじゃないから。それよりも、私のことを気にかけてくれてる貴重な人だし、嫌な目に遭わせたくないだけだよ」

「ふーん？　そっか。ま、それでもいいんじゃない？　藍の生活を一変させるかもしれないような存在ってこれまでいなかったしね。私もさ、藍のことずっと気になってるんだよ？」

「え？　なんで？」

優香子の口から初めて出た言葉に、思わず雪岡さんのことが吹っ飛んだ。

彼女が私のレモンハイを一口飲んでから、改まってこっちを見た。

「だって、あの三田家のお嬢様だよ？　それなのに、あの継母と妹がいるせいで実家に戻れなくてずっと一人だなんて。せめて周りの人がもっとフォローしてあげればいいのに……ってずっと思ってたから。家を出てからはお嬢様育ちの藍が全てを一人でって、絶対すごく大変だったはずなのに、あんた全然弱音を吐かないし」

むう、と口をとがらせる優香子。そんな友人の姿に、胸がぎゅっと捕まれる。

「優香子どうしたの、なんか今日優しくない？」

困惑する私に、彼女が苦笑する。

「私、いつも優しいわよ～？　だってさあ、私は今でも実家暮らしで家族との関係も良好で、出ていこうなんて一ミリも思ったことがないの。それなのに、うちと同じくらい裕福な家で育った藍の今の状況を考えたらさあ……私なんか、全然苦労知らずでだめだなって、たまに落ち込むときもあるよ」

「ええ……！　優香子は全然だめなんかじゃないよ。お父さんの会社でしっかり働いてるじゃない」

彼女の親は元々先祖が興した某鉄道会社の経営に携わっており、彼女はその系列である百貨店で外商の仕事をしている。

「立派かどうかはわかんないけどね。でも家に帰ればご飯はできてるし、掃除だってハウスキーパーさんがやってくれてる。もし藍みたいに一人で暮らせと言われたら、私全力で拒否するもんね」

「言うほどやってないよ。それに、私の部屋狭いから。掃除なんか十分もあれば終わるし」

そうなのお!?　と優香子が笑う。ついでに私も。

「まあ、なんかあったら言ってよ。私でできることならいくらでも手伝うし、協力もするからさ」

「うん……、ありがとう。心強いよ」

優香子は、私が前の会社から今の会社に転職する際も相談に乗ってくれた。行くところがないならうちに住めばいいよ、仕事だってあるよ、と誘ってくれた。

ありがたすぎて何度彼女の厚意に甘えようと思ったことか。でも、私に味方したとなるときっと育子がいい顔をしない。優香子が外商の仕事をしていると知ったら、わざと呼びつけ、嫌がらせをする可能性だってある。

親切にしてくれた友人を困らせたくなくて、優香子に限らずほかの友人たちからの有り難い申し出も、すべて丁重に断った。

とにかく育子という女は厄介だ。雪岡さんはなんとかすると言っていたけれど、雪岡家の力だけで育子を押さえ込めるとは思えない。

――雪岡さんは、何か策があってあんなことを言っているのだろうか。

ぼんやり頭の中に雪岡さんの顔が浮かんだ。

いつも友人たちと楽しい時を過ごしていると、ほかのことは何も考えられなくなるのに、こんなことは珍しい。

自分でもその理由がよくわからなくてモヤモヤしながらも、友人達との歓談は時間が許す限り続いたのだった。


これまで通り、職場と家を往復する毎日を過ごしていたある日。

仕事を終えた私が最寄り駅で電車を降り、改札を出ると、すぐにチラシを持った若い男性が近づいてきた。

「よかったら近くのライブハウスでライブやるんで、来てください!!」

勢いよく目の前にビラが差し出される。

これ、正直言って未だに対応に困る。

こういうことを仕事でしているのなら、受け取らないと申し訳ない気持ちになるし、もしビラ配りをしているのが自分だったらと思うと受け取ってもらえないのは悲しいし。

でも、全く興味がないのにビラをもらうのもどうかなと思ってしまう。紙代だってタダじゃないし……

悩みに悩んで立ち止まった私がビラに手を伸ばす。するとすぐに「ありがとうございます!!」と大きな声が飛んできた。

「良かったら一緒に行きます？　あ、ライブはドリンク付くんで！　行きましょう!!」

ほらほら、となぜか男性が私の背中に手を添え歩き出した。全くそんな気がなかったので、慌てて男性の手から距離を取るように横へ逃げた。

「ちょっと……!!　困ります!!」

「えー、なんで困るの？　一緒にライブハウスに行こうとしただけじゃん」

「私、そんなつもりありませんから!!」

人が行き交う中言い合いをしていると、突然私の前に人の背中が現れた。明らかに私よりも背の高い、スーツを着た男性の背中だ。

「ちょっとお兄さん。ここでビラ配りしてるみたいだけど、許可取った？　ここ公道だから警察署の許可が必要だよね。駅構内なら駅の管轄だけど」

声でわかった。この人、雪岡さんだ。

——えええ⁉　なんでここに雪岡さんがいるの⁉

驚いているのは私だけではない。許可と言われて、私の向かいにいるビラ配りの若い男性の顔に焦りが浮かんでいる。

「許可すか？　え、知りませんけど。そんなの必要なんすか？」

「必要必要。じゃないと道路交通法違反になるよ。仕方ないな、ちょっとそこの交番行こうか？」

「えええ‼　待ってくださいよ、俺、本当に知らなかったんですって‼　知ってたらやってないって……勘弁してくださいよ」

「うんでも、偶然俺が見つけちゃったから。さ、行こうか。……あなたも一緒に来ていただけますか？」

雪岡さんがちらっと私を見る。

何も悪いことなんかしていないのにドキッとした。

「あ、は、はい……」

言うとおりに交番まで移動する。交番は駅を挟んで向こう側にあった。私が利用する出口からだと場所がわかりにくいけれど、こんなに近くに交番があるのに無許可でビラ配りしてたことに驚いた。

雪岡さんは男性の腕を掴《つか》み、腰に手を添えたまま交番に顔を出した。

「本庁の雪岡です。この人、無許可でビラ配りしてたんで、話聞いてあげてください」

挨拶しながら雪岡さんが胸ポケットから身分証を出す。その途端、交番にいた警察官が顔色を変え立ち上がった。若い警察官も上司らしき年配の警察官に倣うように立ち上がり、雪岡さんに向かってビシッと敬礼する。

「見回りご苦労様です」

「では、あとはよろしくお願いします」

未だ憮然《ぶぜん》としているビラ配りの男性を若い警察官に引き渡すと、雪岡さんが他の警察官に会釈し、交番に背を向けた。

――すご。交番にいた警察官の態度が一変しちゃった。

一緒にいるときはあまり警察官という印象がない雪岡さんだけど、あんな場面に遭遇するとやっぱりすごいと思ってしまう。なんだか見る目が変わりそう。

感心している私の横では、なぜか雪岡さんが困り顔でため息をついている。

「まったく。なんであんなのに捕まるのかね」

警察官僚の雪岡警視から、普段の雪岡さんに戻った瞬間だった。

「なんでって……。私はただ、ビラをもらおうとしただけです……」

「興味がないならもらう必要ないのに。あと、声をかけられても歩みを止めちゃだめだ。大体あ
あいう人は足が止まった瞬間にいける！　と思うから」

窘《たしな》められてしまい、思わず口を噤《つぐ》む。

「……あ、いや、怒ってるわけじゃないよ。でも、俺が偶然近くにいたからよかったものの、じゃなかったらあのままライブハウスに連れて行かれてたでしょ。ライブハウスならまだしも、別のところに連れて行かれる可能性もあるわけで……」

「もー!! わかりました!! 今後は気をつけますっ、これでいいですか!!」

くどくどお説教が続く雪岡さんにイラッとしたので、話をぶった切るように声を上げて、謝った。

私のリアクションに驚き、雪岡さんがこっちを見て目を丸くした。でもすぐに楽しそうに笑い声を上げていた。

「もちろん。でも、なにかあったらすぐ俺に連絡してね」

「はい……。で。雪岡さん、なんでこの駅に？ きっと最寄りではないですよね」

最寄りなら私のところに車で来たりはしないはず。

「ああ、うん。駅の近くにあるパーキングに車を停めて、今から君のところに行こうと思ってたんだ。だけど、ちょっとした買い物を思い出してそこのコンビニに寄ってたら、君の姿を見つけてね。追いかけたら若い男性に絡まれてるから、驚いたよ」

「そ、そうでしたか……なんか、重ね重ねすみません……」

「いや、全然いいんだけど。で、藍さんはこのあと時間あるかな」

――また何か話があるのかな。

我が家の事情はほぼ全て話し尽くしたと思うのだが、まだなにか聞きたいことがあるのだろうか。

「時間はあります。けど、今夜は何をお話しすればいいんでしょう。私、もう家のことであなたに隠していることはないと思うのですが」

困惑気味に答えたら、雪岡さんがクスッとする。

「聞きたいことがあるとかそういうんじゃなくて。今夜は、普通に君を食事に誘いたいだけ」

「え。……わ、私を⁉」

普通に驚いて声を上げたら、今度はクスッと笑われてしまう。

「なんで驚くの。俺、君に婚約者になってほしいってずっと言ってるのに。食事くらい誘わせてよ」

「あ。いや……その、まさか本当に誘われるとは思っていなくて……」

「で、どうだろう。一緒に」

懇願するような雪岡さんの表情に、ぐっと心が揺さぶられる。

――今夜は冷蔵庫にあるもので適当に済まそうと思ってただけだし……

まあいいか。食事くらい、恋人じゃなくたって行くし。

開き直ったことで、全てをどうでもいいと思えた。だったらせっかくだし誘いに乗ろう。

「わかりました。いいですよ」

承諾した途端、雪岡さんの顔に柔らかい笑みが浮かんだ。

「ありがとう。……じゃあ、車を停めてある駐車場に行こう。こっち」

「あっ」

いきなり手首を掴まれ、方向転換した。

早足で歩く彼に必死でついていくと、駅の近くにあるパーキングが見えてきた。平置きの駐車場の一角に、見慣れた車を見つけ、そこに向かって歩いていく。

「どうぞ」

ピッと音がして、車のロックが外れた。助手席のドアを開け、お邪魔しますと一言言ってから乗り込んだ。

「なにか食べたいものある？　それか食べられないものでもいい」

話しながら雪岡さんがシフトレバーに手を置き操作した。すぐに車がウインカーを出しながら車道に合流する。

「食べられないもの、ですか……。とくにないですけど、明日も仕事なので胃もたれするようなものはご遠慮したいかと」

「胃もたれ……。脂っこいもの苦手なの？」

「それもありますけど、お酒もＮＧです」

「了解」

すんなり了解してくれた雪岡さんは、はたして私をどこに連れて行くのだろう。

行き先についての言及がないので、未だにどこへ向かっているかがわからない。

「……あの。雪岡さんていつもこれくらいの時間が帰宅時間なんですか？」

とくに話題にすることが見つからなかったので、わりと普通の、ごくありふれた質問で場を繋ぐ。

彼は私をちらっと見て、なぜか口元に笑みを浮かべる。

「前も言ったとおり、国家公務員なので。一応夕方五時十五分が終業時刻、ということにはなってます。でも、定時での帰宅はまずないかな」

「そうなんですか？　じゃ、いつもどれくらい……」

「いや、特に決まってない。仕事が終われば帰れる」

「……私、あまり警察庁の方のお仕事ってよくわかっていなくて。軽く調べたんですけど、警視庁にお勤めの方みたいに、捜査とか、犯人逮捕とか、そういったことはしないんですよね？」

なんだか子供みたいな質問をしているな、と自分でも呆れる。

でも致し方ない。実際調べてみたらそういうことが書かれてあったのだから。

「そうだねえ。警察庁はなんていうか、都道府県の警察を監督する立場にあるので。だからこの前、藍さんに身分証を……と言われても、よくある警察官のやつ？　ああいうわかりやすいものを出せなかったんだよ。支給されていないから」

「そうですか。……でも、さっき交番にいた皆さん、雪岡さんが身分を明かしたら急に態度が変わりましたね。あれって、雪岡さんのほうが階級が上だから……ってことですか？」

結構あからさまだったな、とさっきの場面を思い返す。

「まあ、そうなるか。交番に勤務していたのは巡査や巡査部長だから。警察組織って完全なる縦社会なんで、階級が上の人に対してはああいう反応になりがち」

縦社会かあ。

ずっと女子校で、部活動もあまり本腰を入れてやってこなかったので、あまりそういう経験がない。

「厳しい世界で頑張っていらっしゃるんですね……」

「ん？　ああ、まあ。そうかもしれない」

この人の頑張りに比べたら、自分が頑張っていることなんて些細《ささい》なことなんだろうな。

そう思うと、隣でハンドルを握る雪岡さんから後光が差しているようにも見えてくる。

「雪岡さんは……試験で警察に採用されてから、警視になるまでに地方にいらしたっておっしゃってましたよね。そのときは普通に警察署にお勤めで、警官をされてたんですか？」

この質問に、雪岡さんが静かに頷く。

「隣県の警察署の刑事課に勤務してたときは、普通に捜査も経験したよ」

「そういうのを聞くと警察官って感じがします」

「だよね」

あっさり肯定する雪岡さんに、顔が緩んでしまう。

「じゃ、武道とかもやってらしたんですか？　警察官になる方ってだいたいそういうのを身につけているって……」

「そうだね、学生時代に空手をやってた。あとは警察大学校に入っても逮捕術はみっちり仕込まれる」

「そうなんだ……。すごいですね。……私、知り合いから雪岡さんのご実家のことをちらっと聞いたんです。資産家だって……。それなのに警察官になろうと思ったのは、なぜなんですか？」

「え」

私が彼の実家のことを知っているとは思わなかったらしい。彼が目を丸くした。

「知り合いから聞いた……？　誰かな」

——あ、いけない。これって本人に言ったらまずい話だったかな。

「すみません……!!　あの、えっと、出所はちゃんとしてます。私の学生時代の友人が資産家の令嬢なんです。その子から聞きました」

「あ。そうか」

私がどこから彼のことを聞いたのか、この情報だけで察知したらしい。

「君、ご実家とほぼ連絡を絶っているから聞いていないと思ってた。でも、よく考えたら君、子どもの時から名門女子大の付属校に通ってたもんな。友人に資産家がいても全然おかしくないんだった」

相変わらず穏やかな雪岡さんにホッとする。

「すみません……。ご実家のことは直接雪岡さんにお伺いすればよかったですね」

これに彼が首を横に振った。

「いや、いいんだ。俺が言うのを忘れていただけだから。俺はてっきり、君の妹さんや母上から聞いたのかなと思ったから。正しい情報ならいいけど、間違った情報だと困るな、と思っただけ」

「ああ……。その辺りは大丈夫です。私の友人で、武藤って子がいるんですけど、その子から聞きました。彼女の家と雪岡さんのお父様が知り合いだと」

優香子の名前を出すと、雪岡さんの顔に安堵が滲《にじ》む。

「ああ、武藤さんか。よく知ってるよ、うちの父とも懇意にしてるし。出所がそこなら間違いはないね」

「そういうわけで、どうして雪岡さんが警察を選んだのかがわからなかったんです。家を継ぐとか、そういうことは考えなかったんですか？」

「継ぐもなにも、俺は次男なんで。継ぐのは大体長男だろ？　だから、子供の頃から親に、好きな道を選べって言われて育ったから大して迷わなかったよ」

「そっか……なるほど」

――そういうことか。てっきり長男なのかと思い込んでたわ。

そういえば、雪岡家の息子ってだけで、長男とか次男とかは情報として知らされていなかった。

「それもあって、育子は……あっ、すみません。母の名前です。あなたを桃の結婚相手に選んだんですね」

いつも心の中で呼んでいたように育子と口にしたら、なぜか雪岡さんが噴き出した。けほけほと咳《せ》き込《こ》む雪岡さんを見つめていたら、笑顔でこっちを見てくる。

「も……もしかして、普段は母上のこと名前で呼んでるの？」

――育子って呼んだのがツボったのかな？

「私の中でだけ、です」

「いや、思いがけず呼び捨てだったからびっくりした」

「あの人がいないところで気なんか使いませんよ。まあ、あの人と二人のときはお母さんだなんて口が裂けても言いたくないので、育子さんって呼んでます」

思ってたことを口に出したときに気がついた。こうしてみると、私も大概性格が悪いと思う。

もしかしたら育子も、私のこういうところが気に食わないのかもしれない。

――いや、でも、私と育子が初めて会ったのって私まだ八歳のときだしな……あのときはまだこんなひねくれた性格じゃなかったはず。

そうだ。育子が新しい母親として我が家にやってきたとき。当時まだ八歳の私は、実母が亡くなった悲しみは癒えていないものの、心のどこかでは新しい母親に期待していたように記憶している。

本当のお母さんではない。でも、もしかしたら私を実の娘のように愛してくれるかもしれない……と。

しかしその期待は彼女に会って数ヶ月で崩れ去った。育子の私に対する態度はあからさまで、父親がいないところでは完全に存在を無視されたからだ。

嫌なこと思い出した。やめよ、忘れよ。

「藍さん？　どうかした？」

「いえ、なんでもないです。育子のことを思い出したら嫌な気分になっただけです」

「思い出さなきゃいいのに」

またクスクス笑われた。

「仕方ないじゃないですか……。そういう流れだったし。だったら、雪岡さんが忘れさせてくださいよ」

深く考えず、パッと思いついたことを口にしただけだった。雪岡さんはこれにしばらく反応しなかった。

――あれ？

なんで黙るの？　と不思議に思って彼を見ると、急に真顔で正面を見据えていた。

「忘れさせるって、どんな手を使ってもいいの？　例えば……俺の部屋に来て、俺と一緒に過ごすとか」

「えっ……」

今の発言は、育子のことを忘れるというか、それ以外のことも頭から消え去るくらいの威力があった。

「や、あの……それは、ど、ど、どういう……」

「いろんな意味に取れるね。ただうちに来てのんびりしてくれてもいいし、一緒に食事をするのもあり。それ以外のこともできる」

「それ以外……!?」

含みのある言い方に、困惑するしかできなかった。

二十八歳ではあるが、今まで男性と付き合ったこともなければ、キスの一つもしたことがない私は、こういったことに滅法不慣れなのだ。対処法が全くわからない。

しばらく無言の時間が続くと、たまらずといった感じで雪岡さんが吐息を漏らした。

「ま、そういうのは追々、で」

「……は、はあ……」

とりあえず深く突っ込むものではなさそうなので、頷いておく。

「それよりも、私達は今、どこに向かっているのでしょうか……」

尋ねると、雪岡さんの表情が変わった。

「ああ。申し訳ない。郊外にある食事処に行こうと思って。少し遠いけど、味は間違いないから」

「そうでしたか……。お気遣いありがとうございます」

さっぱりしたものというこちらの注文を受け、どういった店に連れて行ってくれるのだろう。少し楽しみになった。

雪岡さんが選んでくれたのは、郊外にある蕎麦屋《そばや》だった。

有名店で修行を積んだ店主が毎日手打ちする蕎麦は、コシの強さとのど越しの良さが売りらしい。風味を損なうことなく茹《ゆ》でた蕎麦は、口に運ぶとふわりと蕎麦の香りがし、最高に美味なのだという。

車の中でがっつりと説明を受けてしまったせいで、この店に対する期待が膨らみまくってしまった。

——完全に蕎麦の口になってしまった……

「蕎麦ならさっぱりとしているし、胃もたれする心配もないでしょ？」

「ですね。話を聞いてすごく食べたくなりました」

建物は一軒家。完備された駐車場は車でびっしりだった。運良く空いていたスペースに車を停め、店の中に入ると、すぐに蕎麦の香りが漂ってきた。

「わ、良い香り」

木でできたテーブルと椅子が目に入る。店員さんに誘導され、空いている席に腰を下ろした。すぐに雪岡さんがメニューを開き、私に向けて見せてくれた。

「どれも美味いよ」

「そうなんですね。……どうしようかな、写真で見ると天ぷら蕎麦御前を食べたいような気もするけれど……」

メニューを見つめていると、向かいから楽しげな声が聞こえてくる。

「胃もたれを気にしてる？」

「そういうわけじゃないんですけど……なんというか、男性とお食事をする機会自体があまりないので、緊張しているんです。だからあんまりたくさんは食べられないんじゃないかと」

「そうなんだ？　これまで男性に食事に誘われたりはなかったの？」

「ないこともないですけど……。同僚ならあまり気を遣いませんでしたし……。そもそも二人だけっていうのが数えるくらいしかなくて」

数秒の間が空いた。

なにかまずいことを言ったかなと、不安になりかけたとき。雪岡さんが口を開いた。

「そうか、俺と一緒だ。俺もあんまり女性と二人で食事に行ったことがないんだ」

「え？　雪岡さんがですか？　嘘ですよね、そんなことありえないですよね」

咄嗟にこんなことを口走ったら、彼の眉が片方だけひゅっと上がった。

「ありえないってなんで。俺は事実を言ったまでだけど」

「だって、雪岡さんみたいな男性なら、いくらでも女性に誘われる機会がありそうじゃないですか」

「ないよ。俺、学生時代から周りが男ばかりの環境で育ってきたし。大学時代もわりと地味に過ごしてたしなあ……。警察入ってからは警察大学校入ったり地方転勤とかで忙しくて、そんな気になれなかった」

特に表情を変えず、淡々と語る雪岡さんが嘘を言っているとは思えない。でも、こんなイケメンが女性と縁がないとか、あり得るものなのだろうか。

——嘘くさい……

いまいち彼の言葉を信じられず、じとっとした視線を送り続ける。するとそれに観念したかのように、雪岡さんがクスッと笑った。

「今言ったことに嘘はないよ。本当になんにもなかった。もちろん告白されたことがないわけじゃないけど、俺には心に決めた人がいるんでね。他の人に気持ちが移ることはなかったな」

「心に決めた人、とは……」

「決まってるでしょ、君だよ」

「え」

チラ見していたメニューから完全に顔を上げた。そんな私と目を合わせた雪岡さんが、一瞬だけ口元を緩ませた。

「その話はとりあえず置いといて。先に何を食べるか決めようか」

「え、あ。そうですね……」

言われて再びメニューに視線を落とす。何にするかとても悩んだけれど、基本中の基本でもあるざるそばにした。彼はざるそばと天ぷらのセット。

注文を済ませ、店員さんが置いていったそば茶で喉を潤す。

雰囲気はほっこりしているけれど、私の心中はまったくほっこりしていない。さっき雪岡さんがぽろっと零《こぼ》した、心に決めた人の話が気になりすぎる。

それを聞くまでは落ち着けない。

「あの、さっきの話ですけど……」

「藍さんは覚えてない？　昔、俺と会ってるよ、君」

いきなり言われて、頭の中が真っ白になった。

「え？　会ってる？　私と雪岡さんが、ですか？」

「そ。君の父上とうちの父と俺が釣りに行ったとき、帰りに三田邸にお邪魔したんだ。君にも挨拶したよ。中学生のときかな」

普通に家で過ごしているときに父に呼ばれ、誰々さんが来たから挨拶しなさい。と言われた経験は何度かある。

でも、はっきり言って当時の私は挨拶した人がどういう人か全く興味がなく、挨拶だけしたらすぐに部屋に戻ることがほとんどだった。

だから今、雪岡さんに会ったことがあるよと言われても、はっきり言って記憶にない。

うーん、と考え込む私に、雪岡さんがふふっ、と微笑む。

「俺が中三の夏だったかな。釣りに行った帰りに、取った魚を君の家の玄関先で分けてたんだ。そしたら、君が奥から出てきて珍しそうに魚を見てた」

「魚……。魚……？」

魚と言われて頭にぼんやりと当時の光景が浮かんできた。青いケースから何匹もの魚を出している父の姿と、魚が臭くて嫌いだとその場から消えた育子と桃。育子と桃がいないのを見計らって父の元へ行き、魚を眺めていた私。

「……あ。なんか、思い出してきました……。その魚は夕飯の時に家政婦さんが焼いてくれたんですよ。美味しかった記憶があります」

「よかった。そこで話はしたよ。この魚は何だとか、誰が釣ったとかね」

「そんな会話をした記憶があります。……あれがまさか、雪岡さんだったとは」

湯呑《ゆの》みに注がれたそば茶を、両手で包み込みながらため息をつく。

彼は、確実に私と接触していた。

別に彼を信じていなかったわけじゃないけれど、ちゃんとそのことを思い出した途端、私が勝手に作っていた彼との間にある見えない壁が消えた気がした。

――でも待って。その一回しか会ったことないのに、どうして婚約者として心に決めることができるの。

そこが一番の謎じゃない？　と雪岡さんを見る。

「あの……一回会っただけの私を、どうして婚約者に……？」

雪岡さんの目がパッと見開き、私を捉えた。

「え。どうしてって。藍さん可愛かったから。もしかして自覚ないの？」

「ないです。可愛いなんて言われませんし、家族にも言われたことないです」

これは自信を持って言える。実際言われたことがないのに、自覚なんか持てるわけがない。それにずっと近くに超美少女の桃がいると、どうしたって自分は見劣りする。だからいつの間にか、すっかり自分に自信がなくなっていた。

でもこれに、雪岡さんが不満そうな顔をする。

「なんで周囲はちゃんと言ってあげないかな。藍さんは可愛いよ。妹さんのことがよく話題には出るけど、俺は藍さんのほうが可愛いと思う。だから親から君との婚約話を聞いて、二つ返事でOKしたんだ。それなのに君の母上が勝手に妹さんに変更するんで、正直腹が立ったし絶対その変更は受け入れないと心に決めた」

「ゆ……雪岡さん……。でも、そんなことしたらうちの母……というか、育子が何をするかわからないです。もしかしたら、あなたが嫌な目に遭う可能性だってあるんです」

育子は自分の思い通りにいかないとあれば、手段を選ばない。

もちろんそれがうちの父にバレて咎《とが》められ、渋々諦めることはある。でも、あの人は転んでもただじゃ起きない人なので、雪岡さんがなんらかのとばっちりを受ける可能性は大いにあるのだ。

「それは俺を心配してくれてるってことだよね。ありがとう」

「……で、ですから。あの人には気をつけた方がいいです。婚約者の件だって、あの人の意思を無視して進めたら、その先に何があるかわからないんです。だから……」

「だからあきらめろって？　それはできないな」

きっぱり言われてしまい、言葉が続かなくなる。

「別に何か家同士の取り決めがあって婚約したわけじゃない。うちも三田さんも、名家にありがちな因習が煩わしいと感じていたクチで、お互いの家なら安心だし、親同士も気心が知れてるからいいんじゃないか、と安易に決めただけだ。本人達が乗り気でないなら無理に結婚なんかしなくてもいい。その程度なんだよ」

「……そう、なんですか？　私は何も聞いていないから知らないんですけど……」

「だよ。おたくの育子さんがなぜかこの話に乗り気になってるだけ」

雪岡さんの話が本当なら、婚約の話はそれほど重要な取り決めではないのかもしれない。

そう思うとなぜか胸の辺りが不思議と軽くなった。

──よかった、それなら雪岡さんが桃と結婚させられて育子に搾取され続けるっていう可能性は低くなる……

それもそうだ、警察庁のキャリア官僚でもあるこの人が、理不尽な育子の言い分を鵜呑《うの》みにするとは考えにくい。

「そっか……よかった。私、雪岡さんがもし桃と結婚したら、一生育子の監視下に置かれるんじゃないかと。あなたが私みたいな人生を送るんじゃないかって思ったら、それだけはなんとか阻止したくて」

この前優香子と話して以来、ずっとそのことを考えていた。

雪岡さんからしたら余計なお世話かな、なんて心の中で苦笑する。

「でも、私の取り越し苦労でした。私なんかが心配しなくとも、雪岡さんならご自分でどうにかできそうだし……」

「藍さんが心配してくれたの？　俺のことを？」

私の話が終わる前に、雪岡さんが食い気味に被《かぶ》せてくる。こんな彼は珍しくて、思わず視線を彼に送った。

「はい……。だって、桃と結婚したら、きっと雪岡さんは今の私みたいになりますよ。育子が常に目を光らせているだろうし、桃からは常にお金をせびられる。……あ、まあ、雪岡さんなら桃にお金をせびられても問題なく支払うことができると思いますけど……」

そうだった、安月給の私とこの人とでは、稼ぐ額に天と地ほどの差があるんだった。

それを思い出して顔が笑ってしまう。

「やだ恥ずかしい。雪岡さんとじゃ収入が全然違うのに……失礼しました」

一人で恥ずかしがっていたら、ちょっと待って、と彼が手で私を制する。

「いや、あのね……。俺、言われるままに金を渡す気なんかないよ。それ以前に桃さんとの結婚は万に一つもあり得ないから」

「万に一つ……。そんなこと言っちゃっていいんですか。もしかしたら、桃に会ったらその可愛さにやられて結婚してしまうかもしれませんよ」

「いや俺、桃さん見たことあるから。俺のところにしっかり見合い写真送られてきたし」

「……えっ!!　育子、そんなもの送ったんですか!?」

あまりにも早い育子の行動に、思わず大きな声が出た。

「すぐに送り返したけど。確かに一般的には可愛いと言われそうな顔だった。でも、俺が好きなのは藍さんだから」

「すっ………!!」

さりげない告白に体が熱くなる。

「あの、好きとかそう簡単に言わないでください……。私、困ります……」

本気で困る。

そんな私に雪岡さんもしばらく驚いていたようだった。無理もない。

早ければ小学生でも初恋や交際経験があるこの時代に、ちょこっと好きと言われただけで顔を赤らめる二十八歳など、あまりいないかもしれない。

でも雪岡さんの顔には、徐々に笑みが浮かび始めた。

「俺に好きって言われてそういう反応してくれるんだ。……なんか、嬉しいな」

「えっ、嬉しい……？　嫌じゃないですか？　こんなことで照れる二十八歳……」

「どこが！　むしろ嬉しいよ。それに、ますます可愛いって思う」

可愛いとか言われると本気でどうしていいかわからなくなる。

「もー、本当にやめて……！」

「でもこれで、俺の本気が伝わったかな。俺、結婚するなら君がいいんだ」

言ったあと、彼が湯呑みに視線を落とす。

しみじみと、心からそうだといわんばかりに発せられた今の言葉が、私の心をグッと掴んだ。

その途端、かつてないほど胸がドキドキした。

――心臓、痛い……

でも、病院に行かなきゃいけないと思うような痛みじゃない。こんなの初めて。

雪岡さんに気付かれないように、そっと自分の胸に手を当ててみる。

痛いけれど、どこか心地よい不思議な痛みに、これって、もしかしてもしかすると……と、ある考えが浮かんでくる。

――……いや、まさか、そんな……

思い当たる可能性に戸惑い、ちょっと待ってと心の中で自分に声をかけた。

ただ単に男慣れしてないからじゃないのか。それとも、雪岡さんがあまりいないレベルのイケメンだからなのではないか。

もしくは、他人に優しくされたのが嬉しくて、絆されちゃっただけなんじゃないかって。

でも、男慣れしてないだけでこんなにドキドキするなんてあり得ない。イケメンだから……というのはあるけれど、何度か会っているので前ほどは緊張もしていないし。

でも、優しくされて絆される……は、まさにその通りかもしれない。だけど、ただ優しくされただけでこの人にこんな気持ちを抱くとは思えない。

多分、子どもの頃から私を見知っていてくれたこの人が、ずっと私を案じていてくれたことが嬉しかったんだと思う。

育子や桃にあんなことをされても、私をずっと案じてくれている人がいた。その事実だけで、こんなに幸せな気持ちになれた。その事実がきっと私をこんな気持ちにさせているんだ、と。

自分の気持ちに理由を付けたところで、やっと冷静に彼を見ることができた。

「……？　どうした？　ずっと黙ってたけど」

「いえ、なんでも……。雪岡さんが結婚とか言うから、いろいろ考えちゃったじゃないですか……」

手にしていた湯呑みを口に近づけ、そば茶を啜《すす》る。

「それは俺も三十だし。周りでも早い人はもう結婚してるし、ぼちぼちそういうことも考えるよ。藍さんは全く考えたことないの？」

「……ないです……。生きていくのに必死で、そんな余裕はありませんでしたし。それに育子は私が誰と結婚しようがお構いなしですが、父は多分違うんです。多分私の結婚相手にもいろいろ口出ししそうだし」

「それはなかなか面倒だね」

雪岡さんが椅子に背中を預け、腕組みする。

裏で暗躍し表では良い母を演じている育子と、それを知らない父。この二人に挟まれているせいで、こっちはなかなか大変なのである。

「でも、だったらむしろ、家のことなんか気にせず俺のところに来れば？」

「えっ」

前も言われたこの台詞《せりふ》。だけど、今回は諭すような言い方だ。

「ご両親のことは後からどうするか考えればいい。それよりもまず、君の生活環境を変える方が先じゃないかな。若い女性がいくら職場の社宅だからといって、セキュリティもなにもないアパートに一人住まいしているのは危なすぎる。昨今、そういう一人住まいの女性を狙った空き巣や、性犯罪も横行してる。俺としては君に早くあの部屋を出てほしい」

まっすぐド正論をもってこられると、何も言えなくなる。

確かに私も、あの住まいで全くもってそういう不安がないとは言えない。

社宅で家賃がかからないからラッキーと思って住み始めたものの、時々部屋の外から聞こえる若い男性達の騒ぎ声や怒鳴り声に、意図せず体が震えた経験もある。

でも、やっぱりお金のことがあって引っ越すという選択はできずにいた。なのに、そんな優しい言葉をかけられると、嬉しさと安堵で涙が出そうになる。

「……でも、まだ結婚すると決めたわけでもないのに、雪岡さんに甘えるのは……」

「じゃあ結婚しよう。俺はいつだっていいよ、なんなら今すぐ婚姻届を出しに行ったっていいんだ」

「さすがにそれは待ってください!! 勝手に入籍なんかしたら父の逆鱗《げきりん》に触れてしまいます。そうなったら、あなたやあなたのお父様にも迷惑がかかるかもしれませんし……」

やや興奮気味だった雪岡さんが、小さく息を吐いた。

「俺は本当にいいんだけど、父が困るのはまずいか」

「です……。ちょっと冷静になってください」

「君に関することはどうしても冷静じゃいられなくなるみたいでね。でもやっぱり、これって好きだからじゃない？　好きでもない人のことでいちいち怒ったり、感情を込めたりしないから」

「そんなこと言われても……あ」

話していたらお蕎麦が運ばれてきた。

私のざる蕎麦と、彼の天ざる。

「ごゆっくりどうぞ」

レシートを置いて店員さんが去ってから、二人とも箸を取った。

「んー、いい蕎麦の香り。美味しそう」

「藍さん、天ぷら一つ食べない？」

私がつゆの入った茶碗《ちゃわん》を持とうとする前に、彼が天ぷらを勧めてきた。

「え。いいんですか？　ありがとうございます、じゃあひとつ……」

彼の前にある天ぷらを見つめる。エビ、マイタケ、茄子《なす》、春菊、ししとう。

さすがにエビはいただけないので、茄子の天ぷらをもらうことにした。私が茄子を、とお願いすると、雪岡さんはなぜかクスッと笑った。

「エビを選ばないところが藍さんだなあ。遠慮しなくてもいいのに」

「……だめです。きっとエビが一番単価高いから……」

でも、茄子の天ぷらは本当に好きなのだ。

早速そばつゆをちょん、と茄子天に付けていただいたら、口の中で茄子の水分がじゅわっと弾けて、あっという間に身がなくなっていった。

「美味しい……!!　やっぱ茄子の天ぷらは最高です」

「そっか。喜んでもらえてよかったよ」

私も雪岡さんもそばつゆを手にし、蕎麦を口に運ぶ。ずずず、と一気に啜って口に運ぶと、蕎麦の香りがすーっと鼻から抜けていった。

——これはとても美味しいお蕎麦だわ。

心の中で深く納得した。

「美味しいです……!!　お店でお蕎麦食べるの久しぶりだから、余計美味しく感じます」

「そうなの？　普段昼飯はどうしてるの？」

「自分でお弁当を作って持っていきます。忙しくて作れなかったら、近くのコンビニで調達もしますけど」

「そっか。藍さんはしっかりしてる」

私と同じようにずずず、と蕎麦を啜る雪岡さんをじっと見る。

蕎麦を啜っているだけなのだが、所作が綺麗なので上品に食べているという印象だ。

これまで職場の男性が食事をしている姿を見ても、上品だなんて思ったことがないのに。

やっぱり雪岡さんは、何か違う。

「雪岡さんは……お昼ってどうしてるんですか？」

「庁舎の中に食堂があるんで、大体そこで食べる。たまに出先で弁当を買ったりもあるけど、自分で作ったりはしないかな」

「……もしかして、女性がお弁当を作って来てくれるとか……」

「ないから」

笑いながら即否定された。

「藍さんは、どうも俺に女性がいる設定にしたがる傾向があるな」

「……だって、雪岡さんがモテないとか、あんまり信じられないんで」

「だからそれは昔から君の存在があったから、他に目がいかなかったんだって。意外とそれって俺にとっては大きくて、自分には婚約者がいるからって考えると、不思議と他の女性に目がいかなくなるんだ」

「本当ですか〜〜？　だって、あんまり喋ったこともない私ですよ？　もし父が途中で心変わりしてやっぱり婚約はナシ！　とか言ったらどうするつもりだったんですか？」

冗談めかしく尋ねたら、雪岡さんがははは！　と笑ってくれた。

「そうだなあ、そうしたら傷心のまま独身を貫くかな」

「いやいや、絶対嘘ですって！　寂しくて我慢できなくて、近くにいる女性にふらっとしちゃうんじゃないですか？」

「どうかな。俺もわかんない」

けらけら笑いながら会話が弾む。

私、男の人との会話があまり得意ではなかったのに、なんで雪岡さんが相手だとこんなに気楽に話ができるのだろう。

間が空くことなく、ポンポンと会話が進んでいく。この状況に一番驚いているのは私かもしれなかった。

お蕎麦はあっという間に食べ終えてしまった。

男性と二人きりで食事なんて、絶対緊張すると思い込んでいた割には、全然緊張もせずにぺろりだった。むしろちょっと物足りないくらい。

「お蕎麦、美味しかったです。雪岡さんはここ、何回か来てるんですか？」

お茶を飲みながら尋ねると、彼もお茶を飲みつつ、うんと頷く。

「知り合いに教えてもらったのがきっかけで何度か。車で来やすいし、美味しいし意外と穴場だから」

確かにこの店は郊外にあることもあり、店内が広々でゆったりしている。メニューも多くてファミリー層にも人気らしい。

「車があると遠くまで行くことができていいですね。私は、行動範囲が最寄り駅から五キロ圏内とかなので。ここまで来るのはなかなか……」

「いつでも連れてきてあげるよ。ここだけじゃなく、君が行きたいところならどこでも」

優しく微笑む雪岡さんに胸がキュンとする。

――この人、本当にいい人だな。

最初私に会いに来たときは突然で驚いた。でも、私の知らないところで婚約者になっている男性が、この人でよかったと心底思った。

この人じゃなかったら、多分婚約者なんて必要ないって突っぱねて、それで終わりになっていた可能性が大だから。

——決してそれは、雪岡さんがイケメンだからじゃない。……いや、顔が良いことはもちろんいいんだけど、やはり一番重要なのは性格だから。

育子や桃のことがあるから、そのあたりは身に沁《し》みている。

実は、育子は通り過ぎる人が思わず二度見するほどの美人だったりする。化粧映えする顔立ちということもあるが、過去にはどこかのミスコンで優勝したこともあるらしい。

でも、中身が非常に残念なので、父のお見合いは大失敗だったと思う。人は顔じゃないんだなと、このとき初めて学習した。

そんな育子と父の間に生まれた桃も、やはり可愛い。バサバサの睫《まつげ》と、大きな目。小顔で色白の彼女は、美少女という表現がぴったりだ。

桃は街を歩けば通り過ぎる人が振り返り、買い物に出かけると芸能事務所にスカウトされることもしばしば。された数は片手じゃ足りないくらいだ。

でもやっぱり性格が超お嬢様気質でわがままのため、周囲はかなり手を焼いている。

……まあ、そんなわけで。人は顔じゃない、性格だ。ということが言いたかった。

お茶を飲み終えた私達は会計を済ませ、車に戻った。会計の際、バッグから財布を出そうとした私を素早く制止し、彼が支払を済ませてくれた。

「お蕎麦代くらいは払えますよ……？」

もしかして私がものすごく貧しいと思っているのかな、と不安がよぎる。多分、思っていることが顔に出ていたのだろう。雪岡さんがそうじゃない、と笑った。

「それは理解してるよ。そうじゃなくて、俺はなるべくなら君の負担になるようなことはしたくないと思っているんで。これくらいはさせてください」

珍しく敬語でお願いされてしまうと、反論は出ない。

「ありがとうございます……。正直、助かります。ご馳走様《ちそうさま》でした」

「いいえ、どういたしまして」

心からのお礼を言って雪岡さんを見る。なぜか彼は満面の笑みで、やけに嬉しそうだった。

「……嬉しそうですね」

「そりゃね。好きな子に喜んでもらえたら、最高に幸せだよ」

好きな子。

改めてそんなことを言われると、こっちは照れてどうしたらいいかわからなくなる。

「またそういうことを……」

「信じてない？　困ったな。俺、真面目に藍さんのこと好きだから」

「だって、会ったのなんかつい最近なのに……」

「婚約者っていうのはずっと頭にあったよ。昔会った時に可愛いって思ったのは事実。で、再会して、変わってないなって思った。昔と同じで笑顔が可愛いなと」

思わず雪岡さんを凝視してしまう。

「ずっと、あの子が後妻さんに冷たくされて家で辛い思いをしているなら、なんとかしてやりたいと思ってた。警察庁に入ってからしばらくは警大に行ったり地方に行ったりで、なかなか行動を起こせなかったけど、本庁に来たしすぐに君に会いに行きたいと思ってた」

まだ車は発進していない。ハンドルに手を置いたまま、雪岡さんが私を見つめてくる。

「君を一人にしておけない。傍で見守りたいんだ。だめかな」

「ゆ……雪岡さん……」

周囲は暗い。たまに道路を走り抜ける車のヘッドライトの明かりに照らされるだけ。

真剣な顔の彼から目が離せない。無言のまま見つめ合っていると、彼が腕だけハンドルに残し、体をこちらに寄せた。

彼と私の距離が徐々に縮まっていく。普段なら男性が近くに来ると逃げたくなるのに、相手が雪岡さんだとそうならない。なぜだろう……なんて思いながら目を閉じると、唇に柔らかい感触が下りてきた。

ただ触れるだけ、数秒。離れたタイミングで目を開けると、すぐ目の前に雪岡さんの綺麗な顔があって、ドキドキした。

「ゆき……」

なにか話したいことがあったわけじゃない。ただ、なんとなく彼の名前を口にしようとしたら、また彼が顔を寄せてきた。勢いよく唇を塞がれて、「んっ！」と声が出た。

ただ触れるだけのキスかと思っていたら違った。今度は、深く口づけられたあとに、私の唇を割って舌が入ってきた。慣れていない私はその瞬間ビクッと体が震えてしまった。

「んっ……」

口の中に男性の舌があるという特殊な状況に、めちゃくちゃ焦った。どうしたらいいの、これはどう対応すればいいの、と頭の中をいろんな思いが駆け巡る。

気がつけば彼のシャツを両手で掴みながら、キスに必死で応戦していた。

頭の中が真っ白になって、心臓が皮膚を突き破ってしまうのではというくらいドキドキして。

恋愛すると男女はこういうことをするんだと初めて知った。

——こんなことを考えている時点で、私って恋愛慣れしてないなあ……

頭の片隅でそんなことを考えていたら、雪岡さんの唇が離れていく。それを名残惜しいと思っちゃう自分に驚きつつ、無言で彼を見つめた。

キスを終えた雪岡さんが私をぎゅっと抱きしめてくれた。

「……突然ごめん。びっくりした？」

「め……っちゃめちゃ、びっくりしました……」

「……嫌じゃなかった？」

どこか遠慮がちに尋ねられる。

「嫌では……ないです……大丈夫です……」

返事をしつつ、ハッとする。

もしかしてこの人警察の人だから、私が嫌がってたらこれってセクハラなんじゃ、なんて考えているのでは？

そのことに気付き、慌てて手をぶんぶん横に振った。

「ぜ、全然大丈夫、ですっ、あの……セクハラとか、そういったことには当たらないので、安心していただいて大丈夫ですので……」

気を遣ったのに、なぜか雪岡さんがきょとんとしている。そして、ぷっ、と噴き出して笑った。

「あ、なるほど……。そっちだと思ったんだね？　ありがとう。安心したよ」

「そっちって。もしかして、他にもなにか意図があったんですか？」

「いや、普通に嫌じゃないかなって。嫌いな人とキスなんかできないだろ」

自分が気を遣いすぎたとわかり、顔に熱が集まってきた。

──は、恥ずかしい……でも、間違いではないし……

「そ……そう、ですね。嫌じゃなかったです……」

「よかった」

嫌じゃない。それどころか、むしろ……

頭に浮かんだ欲求に、全身が熱くなってくる。

——私、いつからこんな……。もう、雪岡さんのこと大好きじゃない……

もちろんキスの前から雪岡さんに対していい印象は抱いていた。でも、キスをされた途端、好きだという気持ちが溢《あふ》れて止まらなくなってきた。

やだ。なんか恥ずかしい。

「じゃ、帰ろうか」

「あっ、……はい」

お互いにシートベルトをして、帰路に就く。

最初は口数が少なかった雪岡さんも、数分経過するとこれまでのように普通に話してくれた。そのおかげでだいぶ気まずさがなくなった。

——よく考えたら私達まだ付き合ってもいなかった……

そのことに気付いていいのかな？　と心の中で首を傾げた。でも、キスくらいなら付き合ってなくてもする……かもしれない……し。

自分の中で気持ちの折り合いをつけた。

こういうことを考えてしまうのも、自分の経験のなさが原因だと思うと、今まで自分は何をしてきたんだろうと後悔したくなった。

私のアパートが近くなると、雪岡さんはしきりに引っ越しを勧めてきた。

「……というわけで。今は家の鍵なんか簡単にピッキングで開けられちゃうから、昔ながらの鍵はそういう面でおすすめできない。しつこいけど、俺としては、藍さんには一刻も早くセキュリティが万全な俺の部屋に来ていてほしいんだ」

「セキュリティがゆるゆるなのは、重々承知しているんですけど……」

彼の部屋でお世話になるのはまだ少し抵抗がある。

でも、部屋のセキュリティ面について言われてしまうと反論できない。その通りだから。

——家賃がかからないからあの部屋に住んでいるけれど、もちろんもっとセキュリティがしっかりした場所に住めるのなら、その方が良いに決まっている。

平穏な生活を送るために、まず第一歩。進んでみるのはいいことかもしれない。

「……わかりました。前向きに考えます。職場に話すのと、育子や父にどう説明したらいいか考えないといけないので、少し時間ください」

「職場はまだしも、母上……じゃなくて育子さん？　に話すのはまだ止めた方がいいのでは？　どうせ反対されて終わりでしょ」

「それは、そうなんですけど……。でも私の居場所がわからないと父が激怒します。育子が間に入っているので、彼女に連絡しないとだめなんですよ」

「育子さんじゃなくて、父上に直接連絡すればいい」

きっぱり言い切った雪岡さんにギョッとする。

父と直接連絡を取り合ったのはもう十年ほど前だ。それ以来電話番号は知っていても、お互いに一度も直接連絡を取り合ったことがない。

「い……いやあ……それはちょっと、厳しいかと……。私、父と連絡取らなくなって十年は経ってますし……」

「まずそこがだめ」

ビシッとダメ出しされ、固まる。

「継母に虐げられている今の状況はすごく不憫だし、なんとかしてやりたいと思ってる。でも、一番は君と父上だ。ちゃんと血の繋がった親子なのに、話をしない。そこを改善しないことには継母をどうにかしても意味ないのでは？」

強い口調の雪岡さんに窘められ、自然と頭が垂れていく。

わかっている。父親なのに話ができないとか、ここ数年顔を合わせても大したことを喋らない私達に問題があるのは、重々承知している。

わかっているからこそ、彼の言葉が刺さる。

「……わかってはいるんです。でも……もう何年も喋ってないと、話しにくくて」

「それをクリアしないと、君は先に進めないと思う。まずは父上と話してみて。で、可能なら俺と一緒になることを話してみてくれないか？　そのときの父上の反応を見て、この先どうするかを考えようと思う」

——言うのは簡単だけど、実際にやるのはなあ……

すでに気が重い。

でも、いい加減育子の支配下にいるのも嫌になってきた。やるなら協力してくれる雪岡さんが近くにいるうちが絶対いいはず。

「わかりました。でも、あんまり期待はしないでください。できるだけのことは、しますけど……」

「わかった。ちょっとだけ期待しながら待ってるよ」

「しないでって言ったのに……」

少しだけムッとしたら、雪岡さんがクスッと笑ってごめんと言った。それに対して私も笑いながら、ここ数日のことを思い返していた。

——この人が私に会いに来なければ、未だにあのアパートで細々と暮らす日々だったなあ……

たった一人、雪岡さんが私の前に現れたことによって、こんなにも状況が大きく変わるなんて。

……いや、状況だけじゃない。

私の中にある雪岡さんへの気持ちも、同じように大きく変化した。恋愛よりも生活を優先していた私が、初めて異性を意識するようになった。

「雪岡さん様々です」

思わずポロリと漏らした本音に、彼が首を傾げる。

「え？　俺？　どこら辺が様々なの？」

「いえ、いいんです。こっちの話」

私が深く語らなかったら、彼が「え？　どういうこと？」と動揺していた。

そんな姿を可愛いなと思ってしまう。

年上の男の人にこんな気持ちになるなんて……

自分でも意外だ、と驚いた。

これは間違いなく彼のことを好きになっている。そう自覚する私なのだった。

第三章　桃が来た

妹の桃は、父と育子の血を間違いなく引いているはずなのに、父に全く似ていない。

『仕事なんかしたくなーい。私、ずっと遊んで暮らしたい』

これは桃の口癖だ。

私が地方で就職して間もなく。桃はわざわざ一人で公共交通機関を乗り継いで、私が住む会社の寮までやってきた。なんのために来るのかというと、お小遣いをくれと私に迫り、もらうまで居座る。ただこれだけだ。

最初は放っておけばそのうち帰るかな、と思っていた。しかしいつまでも帰る素振りを見せない桃に私も焦り、仕方なくお金を渡した。すると彼女はすんなり帰っていく。

そんなことが何回か続いた。さすがに私も貯《た》めたお金をごっそり持っていかれることに腹が立ち、また性懲りもなくやってきた桃に怒りをぶつけたことがあった。

『あのね。何度も何度も来られても、私そんなに稼いでないからまとまったお金は渡せないよ？ていうかはっきり言って来られても困る』

下手したらここに来るまでの交通費と渡す金額が同じくらいなのでは？　という疑問を持ちつつ、彼女にもの申した。

しかし桃は平然とし、反省もしなかった。

『困るの？　せっかく妹の桃がはるばる来てあげたんだよ？　ここはもっと感謝するべきじゃない？』

『なんで追《お》い剥《は》ぎみたいに私のお金や私物を持って行く妹に感謝しなきゃいけないの。できるわけないでしょ』

『追い剥ぎだなんてひどーい！　誰も会いに来ないからさみしいと思って来てあげたんだよ？

実際、お父さんもお母さんも来ないでしょ？　こんなど田舎』

桃の綺麗な顔がグッと私に近づき、その顔に不敵な笑みが浮かぶ。

『お姉ちゃんに会いに来るのなんか、私くらいしかいないじゃない。もっと喜びなさいよ』

バカにされて腹が立った。

こんなことまで言われて、お金まで渡して。なんで自分がこんな目に遭わないといけないのか、と。

しかも彼女の言うことがいちいちもっともで、地味に私を抉《えぐ》ってくる。

確かに地方に移住しても、私のところに来る家族はいない。友人は何人か休日に会いにきてくれたけど、父も育子も、忙しさと面倒くささを理由に私のところには来ない。

――いや、育子は来なくていいんだけど。でも、桃に言われるとなんかむかつく……。ここ、一応県庁所在地だし、ど田舎というほど僻地《へきち》でもないのに。

当時は桃が来るたびに、いつもこんな感じで腹が立っていた。

今は実家の近くに戻ってきたけれど、まだ桃は来るたびにお金をせびってくる。

昔から桃は変わらない。小さな頃から育子の元で甘やかされて育った結果、ああいう仕上がりになった。

『桃はお姫様だから』

育子はいつもこう言って桃を溺愛してた。

典型的なお嬢様で、働くことなど全く考えていない。ずっとお嬢様のままで生きていく。

あの頃から彼女にはそういうイメージを持っていた。

そして今日。

仕事を終えてアパートに帰宅したら、部屋のドアの前に妹が座っていた。

スーパーに寄って買い物をして来た私の前にあるのは、ドアの前の地べたに体育座りをしながら、スマホをいじっている桃の姿。

ストレートパーマがかかった長い髪が地べたに付くのも、チュールスカートが汚れるのも気にせず、ぺたんと座り込む。ゲームをしているのか、階段を上がってくるときからずっと聞こえていた電子音はこれだったようだ。

彼女の姿を見つけた瞬間、自分の顔が能面みたいになっているのがわかった。

「……ちょっと、桃……」

声をかけると、ようやく彼女が私の帰宅に気がついた。

ぱっとこっちを見上げた桃は、今時の若い女の子が好みそうなメイクと、ストレートパーマで真《ま》っ直《す》ぐにした長い髪が特徴だ。顔は育子がうちの娘は美人と胸を張るとおり、美しい。ぱっちりとした大きな目に、小さな顔。アイドル顔負けの顔面を持つ桃だが、なんせ育子が芸能界に入ることを嫌っていて、スカウトの類いはすべてお断りしたらしい。

――どうやら育子の中には、芸能界に入ると変な大人に目をつけられたり、たぶらかされるというイメージがあるらしいんだよね。意外とそういうことは気になるんだねえ……

昔から美少女と言われてきた桃が、私のところに来るとそれだけで周囲が騒ぎになる。

私が会社の寮に入っていたときもそうだ。

彼女が来ると、あの美少女は誰だと寮がパニックになってしまった。そのときに桃の姿を誰かが写真に撮りＳＮＳにアップするという事件が起きてしまい、なぜか私が育子にめちゃくちゃ怒られた。

『ちょっと!!　もし桃が変な男にたぶらかされたらどうするのよ!!　それだけじゃないわ、変な事件に巻き込まれたりしたら……あんたのせいだからね!!』

いや私のせいじゃないし。むしろ桃には口酸っぱく私のところには来るなと言っていたのにと、どんなに説明しても育子はわかってくれなかった。

――あのときは理不尽だったなあ……。だったらあなたが桃を止めてよ、って何度喉まで出かかったか……

私の顔を見るなり、桃が笑顔になる。

「お姉ちゃんお帰り～。遅かったじゃん、お腹すいた」

こんなことを言ってるけれど、彼女はもう十九歳。ご飯を食べようと思えば一人で問題なく食べられる年齢である。

桃は学校の成績は悪くないので、私の母校でもある大学に通っている。しかしせっかく入った大学には行ったり行かなかったりらしい。以前理由を尋ねたが、普通に勉強が嫌いなのだそうだ。ならばなぜ大学に行ったのか、そこが謎である。

「お腹がすいたなら一人でどこかに食べに行けばよかったじゃない。こんなところで私なんか待たずにさあ」

桃にどけと目で合図し、部屋の鍵を開けた、ドアを開けて中に入ろうとすると、私より先に彼女が体を滑り込ませてきた。

「いいじゃん、冷たいこと言わないでよ。今月はライブがいくつかあったから、金欠で困ってるのよ～。お姉ちゃんだけが頼りなの！」

身勝手な理由にため息が出る。

彼女が昔から私にお金をせびる理由はこれだ。

昔から推し活にハマり、推しに大金を貢ぐ。どうやらここ数年韓流アイドルグループにハマっているらしく、ＣＤが出れば大量買いで握手券をゲット、ツアーが始まるとなると全公演のチケットを購入し追いかける。そりゃ、お金がかかるよね。

こればかりは育子の理解を得ることができず、お金を一銭も出してもらえないらしい。だからって私のところに来るのもおかしいでしょ、と何度突っ込んだことか。

「……お金はないよ。今月は私も高額家電買ったからもうお金ないの」

実際、今月自由になるお金はほぼないといっていい。乾燥機付きの洗濯機を買ったらすっからかんになったからだ。

――天気の悪い日、洗濯物が乾かないのがフラストレーションで……我慢できなくて買っちゃったんだよね……

必要経費である。

部屋に入り、スーパーで買ってきた品物を冷蔵庫に入れていると、後ろから不満げな「えええええ!!」という叫びが聞こえてきた。

「なんでよお!!　じゃ、私誰にお金もらえばいいのよ!!　お姉ちゃん貯金あるでしょ、そこから出してよ！」

「ふざけたこと言わないで！　普通はもらわないで自分で稼ぐのよ!!　あんたももう十九なんだ

し、一度くらいアルバイトでもしてみれば？」

ごく当たり前なアドバイスをしたつもりだったのだが、なぜか桃の顔が引きつった。

「いやだっ‼　なんで私がそんなことをしなきゃいけないのよ‼　お母さんは働かずにあんなに好き勝手やってるじゃない。私もあれがいいっ」

普段の育子を頭に浮かべ、確かにな、と心の中で頷いた。

育子は父が経営する会社の子会社に当たる会社の役員になっている。でもそれは、ほとんど名ばかり。育子が経営に関わっているわけではない。

食事も掃除も洗濯も全て家政婦さんがやってくれる。その環境で彼女が何をして過ごしているかなんて私は知らない。母親の生活を見知っている桃がこう言うのだから、育子はおそらく何もしていないのだろう。

――なんだかなあ。尊敬もなにもできない親の見本みたいな人だなあ……

心の中でしみじみする。本気で、あの人が私の実の母親じゃなくてよかった。

それでも桃に思っていることを全てぶちまけるわけにはいかない。

ここは姉として、模範解答を求められている気がする。

「いやあ……それでも、育子さんだってちゃんと社会人になって、お父さんと結婚して桃を産んだんじゃない。育児だって立派な仕事だと思うよ」

「……お母さんって働いてたの？　あの人から働くって言葉、聞いたことないんだけど」

桃が私に疑問をぶつけてくる。

そういえば、私も育子が結婚前に何をしていたかなんて聞いたことがない。

「さあ……私もよく知らないけど。でも、お父さんと結婚したのが二十五くらい？　だったらさすがに働いた経験はあると思うけど」

「……だとしても、私は汗水垂らして働くなんて絶対いや。ねえ、なんかないの。苦労せずにお金が稼げる仕事」

呆れてものが言えない。そんな仕事があれば誰だって苦労なんかしない。

「そんな仕事はありません。さ、用が済んだなら帰ってよ。生活費切り詰めてるんだから、桃に払うお金はないし、夕飯も私の分しかないし」

冷たく言い放つと、桃の口がタコみたいに尖った。

「せっかく来たのに……。だったら交通費だけでもちょうだいよ」

私に向かって掌《てのひら》を差し出す桃に、開いた口が塞がらない。

「はあ？　何言ってんの。それくらい持ってるでしょ？　私のところに来たからには一円でもいいから搾取しないと気が済まない、みたいなのやめてくれる？」

はっきり断ったら、今度は桃の顔が怒りで赤くなっていった。

――リアルにタコだね。

「ちょっと……。お姉ちゃん、なんか前にも増して冷たくない？　前はここまで冷たくなかったのにさあ」

「それはあんたがまだ未成年だったからでしょ。大学生とはいえもう成人したんだし、いつまでもこういうのはよくない。だからもう、ここに来てもお金はあげないよ」

桃が怒りのあまりドスドスと地団駄を踏んだ。

桃の怒りよりも、下の部屋の人に悪いから止めてほしい。

「～～～～っ!!　なによっ、ケチ!!　……あ、わかった!!　お姉ちゃん、雪岡さんのことで私に対抗心燃やしてるんでしょ!!」

ここで桃の口から雪岡さんの名前が出てきて、少しドキッとした。

「なによ、急に」

「知ってるわよ。元々お姉ちゃんが雪岡さんの婚約者だったのを、お母さんが強引に私にしたんでしょ。お母さんが言ってたの。お姉ちゃんには勿体ないから、私の婚約者にしたって」

「そうらしいね。でも、私もそれ最近知ったばかりだし。だから別に、そのことであんたに対抗心を燃やしてるわけではないです」

「うっそだあ」

なぜか桃の顔に笑みが浮かぶ。

「そんなこと言っちゃっていいのお～？　だって、最近雪岡さんがお姉ちゃんに会いに来たらしいじゃない」

「……なんでそんなこと知ってるのよ」

「お母さんに聞いた。そのときに雪岡さんを見たでしょ？　あの超イケメン！　あんな人が婚約者だったら、お姉ちゃんだってむざむざ私に婚約者の座を譲るのは惜しいって思ってるんじゃないの？」

クスクスと底意地の悪い笑いを浮かべる桃に、心の中でムッとした。

育子ったら、なんで雪岡さんが私のところに来たことを知ってるのよ!?　本当、気持ち悪……どうせ人を使って私の行動を調べたに違いない。

「そんなこと思わないわよ。でも、雪岡さんってあなたよりもだいぶ年上よ？　それでも婚約者になりたいの？」

ふん、と鼻を鳴らして桃が立ち上がった。

「あれだけのイケメンなら年齢なんかどうだっていいわ。私は私に楽をさせてくれる人なら誰だっていいの。雪岡さん本人は警察官？　でちょっとめんどくせえなって思うけど、あの人の実家かなりの資産家なんでしょ？　マンションいくつも持ってるっていうし結婚する相手としては申し分ないかなって」

これが三田家の娘が言うことか……と眉をひそめたくなる。

桃が言ったことを父親が聞いたら、多分激怒するか卒倒するんじゃないかな。

私が反論もせずに黙っていると、勝ち誇ったような顔をした桃が、玄関に向かって歩き出す。

「そういうわけで、私は雪岡さんのこと諦めないからね〜！　抜け駆けとかやめてよね、バレたらお母さんが黙ってないと思うし！　そんじゃ」

ばいばーい、と桃が私の顔も見ずに部屋を出て行った。

今夜も金をもらうためだけに来たな、とため息が漏れた。それでも今回は、お金をもらうまで帰らないと居座ったり、部屋のものを勝手に持って行ったりしないでくれたので、いつもよりだいぶましだ。

私も、いつもに比べたらかなり本音を言えたし、反撃もできた。自分でもびっくりだけど、意を決すれば思い切ったことができるのだとわかった。

これって多分、雪岡さんとか優香子に勇気をもらったからだと思う。

それにしてもうちの継母と妹の癖が強すぎて、胃もたれしそう。この後の夕飯にすごくさっぱりしたものが食べたくなった。

そしてなにより、桃には絶対に雪岡さんを取られたくない。あの子に渡したくない。

こんな気持ちが湧き上がっている自分の変化に驚いてしまった。

彼の隣にいるのは私でありたい。私が彼と一緒にいたい。あの人と一緒に未来を歩んでいきたい。

桃が来たお陰で、そのことをはっきりと自覚した。

本来なら会いたくなかった桃のお陰でこの気持ちに気付けたことが、なんだか少し可笑《おか》しかった。

一人になった部屋の中央で、堪えきれず声を出して笑った。そしてすぐ、雪岡さんからもらっていたメモ用紙を取り出し、彼の連絡先やトークアプリのＩＤを自分のスマホに登録した。トークアプリへの登録が完了すると、早速メッセージを作成。

初めて自分から雪岡さんにメッセージを送る。緊張で手が震えて、文字を入力するのに時間がかかった。

無事に入力を終え、ざっと確認してからメッセージを送信した。

【お伝えしたいことがあります。近いうちにお会いできますか？】

父に連絡を取る、という約束もあったけれど、今はそれよりも先に彼と話したい。

雪岡さんは応えてくれるだろうか。

そのことに悶々《もんもん》としながら、彼の返事を待った。

彼から返事が来たのは、もう寝ようと布団の中に入って、スマホを枕元に置いて本を読んでいるときだった。

受信音が鳴ってすぐスマホを見ると、表示されたのは雪岡さんの名前。彼の名前が表示されているだけでドキッとしてしまった。

ドキドキしながら開いた彼からのメッセージには、こう記されていた。

【いいよ。いつがいい？　週末ならゆっくりできるよ】

それは私も同じなので、そうですね、そうしましょうと同意のメッセージを送った。

雪岡さんが時間を提示してくれたので、それでお願いします、とメッセージを返す。

詳細時間と迎えに来る、という内容が送られてきて、安堵した私はわかりました、と簡単なメッセージを送って会話を終えた。

無事に会う算段がつき、ホッと胸を撫《な》で下《お》ろした。

好きな人に連絡するのって、こんなに緊張するものなんだな。と初めて知った。

なんせ今までまったくこういう経験をしてこなかったから、全てが初体験なのだ。

——経験なさすぎでしょ、私。

こんなにドギマギするくらいなら、過去に一度くらい恋愛を経験しておくべきだった。

今更後悔しても遅いけれど。

第四章　初めての経験

数日後、雪岡さんと約束した当日になった。

彼が部屋まで迎えに来てくれるというので、私はここで待てばいいだけ。

今までは雪岡さんが突撃してくる形だったので、緊張もなにもなかった。でも、今回初めて彼を待つという状況になり、好きな人を待つというのがこんなにドキドキして落ち着かないものなのだと知った。

——正直言って、服もなにを着たらいいのか全然浮かびません……！

きっと雪岡さんにこれを言ったら、なんだっていいけど、とか言われそう。

とりあえず年相応で、華美すぎない落ち着いた格好を選んだ。といってもただのワンピースだけど。これなら上と下の組み合わせで悩むこともない。

セミロングの髪は、緩くハーフアップにしてヘアクリップで留めた。服に合わせてバッグや靴を選んで、そわそわしながら雪岡さんを待つこと約一時間。ピンポーンというチャイムが鳴って文字通り飛び上がった。

「はっ、はい……‼」

急いで玄関に行き、ドアスコープで確認してからドアを開けた。

「や。お待たせ」

今日の雪岡さんは、珍しく私服だ。今までスーツ姿の彼しか見てこなかったから、私服が新鮮すぎて眩《まぶ》しい。

「ゆ……雪岡さん、スーツじゃない……」

ブラウンのジャケットの中は黒いTシャツに黒いアンクルパンツ。靴はブラウン。私服だとグッと距離が近くなった気がして、ドキッとした。

――色気……すごい……

生まれてこの方男性を見て色気を感じたことなどない。でも、雪岡さんは違う。顎から首までのラインが美しいし、ゴツゴツとした手の甲も特に男性らしさを感じてしまう。

――こんなことを思うなんて私、もしかして変態かな？

人生で初めて自分を変態だと思った。雪岡さんと一緒にいると、初体験が目白押しですごい。

「もし職場から呼び出されたら途中で解散になっちゃうけど、そこだけはごめん。呼ばれたら車の中にスーツ一式入ってるからそれ着て飛んでいく」

「……そんなに呼ばれるんですか？」

「事件が起きたらね。そこは警察だからどうしようもない。何も起こらないことを祈るしかない」

「大変ですね……でも、事件に休みとか関係ないですもんね……」

「ねー、困っちゃうよね」

笑っているのでそんなに困ってなさそう。

「わざわざここまで来てもらってすみません、じゃ、行きましょうか」

バッグを手に、用意しておいたスニーカーを履いた。ワンピースはAラインでカジュアルなので、白いスニーカーを合わせた。楽でいい。

部屋の鍵を閉め、雪岡さんを見る。なぜか彼が眉をひゅっと上げた。

「セキュリティ……」

「わかってますっ。ゆるゆるですよね」

言われると思った。

「わかってるなら早くうちに来ればいいのに。うちが気に入らないなら、都内に家族が持っている物件がいくつかあるから好きなところに住んでいいよ」

都内に家がいくつか、というワードにハッと息を呑《の》む。

――お金持ち……!! ……いや、うちもそうなんだけど。

実家を離れて十年も経つと、どうも自分が裕福な家の出だということを忘れそうになる。

「早くって……。まだ父に話してないんで」

「早く話そうよ」

「簡単にできたら苦労しませんって……。うちの父って、威厳だけはたっぷりあるから私でも緊張するんです。電話でも声が怖いし」

カン、カン、と音を立てながら外付け階段を下りる。

「三田家のご当主にもの申せる人も少ないだろうな。……そういや、君の父方の親族の話はちょくちょく出てきたけど、母方の親族はどんな人達なのか聞いてる？　頼れそうな人はいないの」

外付け階段を下りて、彼の車が停まっているパーキングまで並んで歩く。

「母方の親族も結構裕福なんですよ。南方《みなかた》家っていう資産家で、隣県ですけど祖父が大きな会社を営んでいるらしいです。でも、母を若くして亡くしてしまったことで、三田家と不仲になってしまったらしくて。だから、私は子どもの時に会って以来、母方の祖父母や伯父叔母には会っていないんです」

「……若くして亡くしたからってどうして不仲に？」

雪岡さんが歩きながら尋ねてくる。

「母は突然肺がんが見つかって、それが原因で亡くなりました。すぐに手術をしたにも関わらず、体中に転移してあっという間だったんです。これは私の予想ですけど、母は周りに迷惑をかけたくなくてずっと体調不良を隠していたんだと思うんです。そういう母でしたから。でも、あちらの祖父母からしたら大事な娘がこんなことになって、相当ショックだったんだと思います。こうなった責任を全部父に押しつけて、三田家と縁を切ると宣言してきたらしいですから」

母が亡くなる少し前。母は最期のときを家で過ごしたいと、医師に無理を言って退院して自宅で過ごしていた。そのとき、母方の祖父母と伯父、叔母がやってきて母を見舞ったあと、父に向かって暴言を吐いている姿をたまたま見てしまった。

『歩美《あゆみ》がこんなことになったのはあんたのせいじゃないのか⁉　財力があるのに、なんで良い病院に入れてさっさと手術させなかったんだ‼』

母に聞こえないよう、離れた場所で父を怒鳴りつける祖父の姿は、当時まだ八歳の私にはショッキングだ。

あのとき父は母方の祖父に全く反論しなかった。ただ黙って『申し訳ありませんでした』と頭を下げるばかりの父は弱々しく見えてしまい、普段威厳のある父のあんな姿は、できることなら見たくなかった。

「それでも、君は亡くなったお母さんの大事な娘じゃないか。祖父母なら孫は間違いなく可愛いはずなのに……今、君の母方の祖父母はどうしてるの」

「さあ……。孫だけど、顔も見たくないうちの父の娘でもありますしね。それに、私って亡くなった母に顔がそっくりなんですよ。若くして亡くなった娘の顔を見るのは辛いと思うので、祖父母の気持ちもなんとなくわかります」

「……そんな……。せっかく孫が生きているのに、それはあんまりだろ」

雪岡さんの顔が、いつになく悲しげに歪《ゆが》む。

私のことでこんな顔をしてくれる人がいるなんて。彼には申し訳ないけれど、すごく嬉しかった。

「ま、いいんですよ。これで母方の親族と会うとまた話が面倒なことになりそうだし。育子だって私が南方家に助けを求めたら、やっぱりいい気がしないだろうし」

「そこは……育子さんに君が気を遣う必要はないと思うけど。やっぱり、藍さんは人に気を遣いすぎだよ」

話しながら歩いていたら、いつの間にか雪岡さんの車が停めてある駐車場に到着していた。

立体駐車場のエレベーターに乗り、車がある階で降りた。休日ということもあり駐車場も混み合っていて、空きはほぼなさそう。

「車、よく停められましたね」

「ちょうど俺が入ってきたときに出る車がいたんだ。ラッキーだった」

ふふっ、と微笑みながら、彼が助手席のドアを開けてくれた。

「い、いいのに。私、自分で開けられます」

「これくらいはさせてよ」

困惑しながら助手席に乗り込むと、彼が静かにドアを閉めた。こんな扱いをされるのは何年ぶりだろう。

——実家にいるときは運転手さんが閉めてくれたな……。久しぶりだとなんか、照れる……

雪岡さんも車に乗り込む。さて、とハンドルを握ったまま こっちを向いた。

「どこに行きましょうか、お嬢様。それと伝えたいことってなに?」

「りょ、両方ですか。……伝えたいことは、またあとで話します。先に行き先を決めてください」

慌てる私が可笑しかったのか、彼がククッ、と肩を揺らす。

「なんてね。行き先は決まってるんだけど。とりあえず、昼飯食べよう。店は勝手に予約しておいた」

「なんだ、決まってるなら聞く必要ないじゃないですか」

ガクッと肩透かしを食らう。この人、こんな冗談も言うのね。

「とにかく君にカロリーがあるものを食べさせたくて。絶対平均体重より痩せてるよね」

言われて、自分の体を見下ろす。

体重は会社の健康診断で計っている。確かに基準よりも痩せ型とか、痩せ気味とか、毎回そんなことばかり指摘されている。

「と言っても、私元々痩せ型なので。たくさん食べてもそんなに太らないんです……」

「でも、絶対食費に金かけてないだろ」

「……………まあ……」

一番削りやすいのが食費だから、というのもあるけど。

ただしお米はなぜか父が育子を介して送ってくれるから、結構食べているつもりだ。

「そういうわけで、今日は君に肉を食わす」

「肉……ですか」

肉にもいろいろある。鉄板焼きとか、焼き肉とか。ハンバーグも、焼き鳥もそうか。

「平気？　食べられる？」

「もちろんです。普段は鶏肉《とりにく》と豚肉しか食べませんけど」

なぜなら安いから。

「牛だよ。楽しみにしてて」

彼がハンドルを巧みに操り、駐車場から車を出した。入り口のゲートで料金を支払い、目的地へ向かう。

――お肉かあ……お店はどんな感じなのかな……

数年前、友人との集まりで焼き肉店に行ったことがある。

友人達は結構肉食で、かなり注文したはずのお肉が一時間足らずで終了してしまった。そのときのことを思い出して、つい「ふふっ」と笑い声が漏れてしまった。

「……なに？」

笑っているのが雪岡さんにバレて、しまった、となる。

「あっ、いえ……。以前、友人達と焼き肉に行ったときのことを思い出して、少し」

「そんなに楽しい思い出だったんだ？」

「はい。友達といるときって、唯一家族のことを考えなくてすむので。とっても楽しいです」

「そうか。じゃあ、今度からは俺と一緒にいるときも楽しいって言ってもらえるようにしないといけないな」

さりげなくこんなことを言われて、キュンとする。

『いやもうじゅうぶん楽しいです。ていうか、雪岡さんのことが好きみたいです』

これが喉まで出かかって、悩んだ挙げ句一旦引っ込めた。

だって運転中だし。もし、雪岡さんが驚いてハンドル操作を誤ったら大変な事になるし。

ただ理由を付けて後回しにしただけだけど。やっぱりまだ告白する勇気が出ない。

――だめだな。こういうとき経験値がないと……

本当に恋愛しておけばよかった、と大いに反省する。とはいえ、今まで好きな人ができなかったのも事実なのだ、こればかりはどうしようもない。

雪岡さんの呟きに笑顔を返すと、彼もニコッと笑ってくれた。今はこれだけでよしとするか。

彼が連れてきてくれたのは、繁華街にあるビル。近くにあるパーキングに車を停め歩いて数分。ビルの一階にある店が目的地で、入り口には上品な書き文字で焼き肉と店名が書かれている。初めて見る店だ。

「こんにちは」

自動ドアから中に入ると、男性の店員が静かに歩み寄ってきた。

「いらっしゃいませ」

「雪岡です」

「お待ちしておりました、どうぞこちらへ」

静かな口調の店員さんの対応と店内の雰囲気から、この店が高級店だとわかる。ここは全室個室で、私達は襖《ふすま》のある小部屋に通された。

多分本来は四人か六人は座れる席。そこに二人だけという贅沢《ぜいたく》な空間で、私と雪岡さんが向かい合う。

タッチパネルで注文するのかと思いきや、もうコースを注文してあるという。

それを聞いて怖《お》じ気《け》づく私。

二人ともウーロン茶を注文し、店員さんが去ったところで思わず前のめりになる。

「私、全部食べられるかわかんないんですけど……」

「残したら俺が食べるから。ていうか、普段どんだけ量を食べてないの……」

雪岡さんが呆れている。

「だって、ご飯茶碗《ぢゃわん》一杯のお米を食べたら、普通お腹いっぱいになりませんか？」

「申し訳ないが俺は茶碗一杯の米だけでは満腹にはならない……」

「そ、そうですか……失礼いたしました」

こんな私に、彼が大きなため息をつく。

「君の継母や妹は贅沢な暮らしをしてるっていうのに……この違い。絶対君の父上が聞いたら悲しむよ」

目の前に予《あらかじ》め置かれていたナムルやキムチに箸を伸ばす。

普段なら、これとご飯だけで食事をすませるのに。このナムルもキムチも、すごく美味しい。これだけでご飯がすすみそうだ。

「私、育子や桃が普段どんな食生活を送っているかあんまり知らないんですよ。私がまだ実家にいる頃は、そこまで贅沢な食事ではなかったような気がしますけど……」

「君が家を出てから、継母はそれまで働いていた家政婦さんを解雇して、有名ホテルでフレンチシェフをしていた男性を専属シェフとして採用したらしい」

「えっ⁉」

初めて聞く実家の事情に、思わず大きな声を上げてしまった。ここが個室でよかった。

「解雇って……鳥羽《とば》さんはずっとうちで長く働いていた家政婦さんなんです。我が家の食事から子どもの頃の私の世話も……。お弁当だって鳥羽さんが作ってくれたんです。その鳥羽さんが⁉いつですか⁉」

「五、六年前かな。君、年に一度は実家に帰ってるんだろ？　知らなかったの？」

「いつも帰るのは正月だったんです。鳥羽さんはいつもおせちなどの準備をしっかりした上でお正月は休みを取ってるから会えなくて……。確かにここ数年、実家に行くと見慣れない男性のシェフがいるなって思ってはいたんですけど……その日だけ雇ったケータリングの人かと思ってました」

気が抜けた状態でソファーの背中に凭《もた》れた。

「そのシェフが作るのはほぼ洋食。高級食材をふんだんに使用した、毎食がちょっとした高級レストランのコース料理だそうだ」

それまで絶え間なく動いていた箸を持つ手が止まる。

「……それを、父も食べているんですか……？　ていうか、その情報をどうやって調べたんですか？　娘の私でも知らなかったのに」

「君がいない間に様々なことが変化したんだよ。情報は、つい最近三田家のメイドを辞めた女性を探し出して、話を聞いた。君の家は元々いた家政婦をやめさせてシェフを雇い、継母の代わりに掃除などの家事をさせるメイドを数人雇い始めたらしい」

「メイドを数人……!?　私がいたときは鳥羽さんしかいなかったのに。彼女が料理や掃除などを一人でこなしていたんですよ。それに、あの家には父と育子の桃の三人しかいないのに、そんなにメイドを雇う必要ありますか？」

「掃除、洗濯で一人、庭担当で一人、ペットの担当で一人、桃さんの送迎や学校行事担当が一人、ってことらしい。そこに加えて父上の運転手、秘書、継母の運転手もいるそうで。君が知らないうちに三田家も大所帯になったもんだね」

頭の中に嘘でしょ、という文字がぐるぐるしてる。

「なにそれ……。それじゃ、本当に育子は何もしてないじゃないですか」

「そう。だから、三田家の親族間で問題になってるんだって。……藍さんは本当に何も知らされてないんだな」

知らされてない……けど、それにしたって知らなすぎだ。

ショックを受けていると「失礼いたします」と店員さんが入ってきた。コースの牛タンとハラミ、カルビ、トモサンカク、ザブトン……などといったお肉の載ったお皿をテーブルに所狭しと並べていく。

「ショック受けてるところ申し訳ないけど、とりあえず食べようか？」

「あっ……。すみません、せっかく連れてきてもらったのに、暗くなっちゃって」

気を取り直して箸を持つ。

「気を遣わなくていいよ。自分の家が知らないうちに変わってたってショックだもんな。俺だってもし知らない間に実家がそういう状況だって知ったらショックだよ」

「……なんか、言ってることとやってることがかみ合ってないですよね。あの家を出たつもりで、もう何が起ころうと自分には関係ないと思い込んでいたのに、今の状況を知ってこんなに動揺するなんて……私も、びっくりしてます……」

「一番心配なのは、父上のことかな」

トングを使って牛タンを焼きながら、雪岡さんがぼそりと零す。

「そうですね……。正直、継母のこととかはどうでもいいんですけど、やっぱり父が今どうなってるのかが気になります」

「ほら、連絡取りたくなったでしょ」

雪岡さんがしてやったりという顔をする。これには同意せざるを得なかった。

「そうですね。前に比べたら、だいぶ取りたくなってきました」

「お父さんも藍さんに会いたいんじゃないかな？」

「……それは、わかりませんけど……」

「絶対取りたいと思う。賭けてもいい」

彼が焼き上がった牛タンを私の皿に載せてくれた。

「賭けてもって……何を賭けるんですか」

どうぞ、と促されたので、早速いただきますと言って、レモン汁を少々垂らした牛タンを口に運んだ。コリッとした食感と噛《か》んだときに口の中に広がる肉汁が、自然と私にため息をつかせた。

「美味しいです……!!」

本気で、こんなに美味しいお肉を食べたのは久しぶりだ。生きててよかった、頑張ってきてよかったと心から思った。

「そうだなあ、何を賭けようか……」

私と同じように牛タンを食べながら、雪岡さんが呟いている。

――あ、この質問まだ生きてたんだ？

牛タンがあまりにも美味しかったので、すっかりそっちのけになっていた。

「あ、いいですよ。無理に賭けなくても……」

「じゃあ、君と俺の結婚を賭けようか？」

テーブルに頬杖《ほおづえ》を突きながら、可笑しそうに笑う雪岡さんを凝視する。

「……本気で言ってます？　それとも冗談？」

「さあ、どっちかな？　ほら、肉、焼けてるよ。食べな？」

誤魔化された……と複雑な気持ちになる。でも、焼き上がった牛タンを、カルビを、ハラミを……と必死で食べ進めているうちに、質問のことなど忘れてしまった。

とにかく肉は美味しかった。ここは冷麺も美味しいと雪岡さんが教えてくれたけど、普段あまり量を食べていない私には、肉とご飯を消費するのが精一杯だった。

デザートならいけるかなと、抹茶のアイスだけは食べた。これがまた抹茶が濃厚で、感動するレベルのアイスだった。

「幸せです……。お腹いっぱいです」

もう胃袋に隙間がない。これ以上は無理ですと訴えると、雪岡さんがケタケタ笑っていた。彼は私が食べ残したお肉を全て平らげていて、細身なのに結構食べることに驚いてしまった。

お会計をする姿は見せてもらえなかった。私がお手洗いに行っている間に彼が支払をすませていたからだ。

――全部でいくらだったんだろ……

金額は怖くて聞けなかった。その分、何度もお礼を言った。

「そういや、一番肝心な話を聞いてなかった。結局なんだったの？」

店の外に出て駐車場に向かっている間、雪岡さんが思い出したように問いかけてくる。

それを聞き、今の今まで頭の中にお肉美味しかった～☆　しかなかった私の思考が停止した。

――や……やばっ!!　私、一番肝心なことを忘れてっ……

自分のやらかしに頭が痛くなる。

何やってんの私。今日はそれが目的で彼を呼び出したんじゃないの、と。

無意識のうちに頭を手で押さえている私に、雪岡さんがえっ、と声を上げた。

「ど、どうした？　もしかしてさっきまでの会話の中にあった？　俺が聞き逃したかな」

「違います！　私、一番の目的をすっかり忘れてお肉に夢中になってました……。自分が恥ずかしいです……」

「いや、お肉に夢中になるのは悪いことじゃないよ。それだけ美味しかったってことだし」

すかさずフォローしてくれる雪岡さんがすごくいい人に見えた。ていうか実際いい人なんだけど。だから好きなんだけど。

「あ、あの……私、雪岡さんに話したいことがあって……っ」

「うん、なに？」

背の高い雪岡さんを見上げる。私よりも三十センチくらい背が高い彼の目が、いつになくキラキラと輝いていた……ような気がした。

——うっ……す、吸い込まれそう……。目、見られない……

だめだ。しらふじゃだめだ。

「ちょっとごめんなさい、そこのコンビニ寄っていいですか……」

「え？　コンビニ？　どうしたの⁉」

「しらふじゃ話せないので、アルコール買ってきます……」

「そこまで⁉」

驚いている彼を置き去りに、すぐ近くにあったコンビニに向かって歩き出す。しかし、咄嗟に彼が私の手首を掴んだ。

「まてまて。言いにくいのはわかったけど、今からコンビニに行かずとも。酒なら俺の部屋にあるから、そこで飲もう」

俺の家で、と聞き足が止まる。

「雪岡さんの、家……？」

「そう。うちが所有する物件の一つだけど、職場に近いから今は俺が一人で住んでる。もちろん、君に手は出さないから」

――手、出さないんだ。なんだ……

彼としては私のためにわざわざ宣言してくれたんだろうけど、なぜか残念に思ってしまう。

「私、雪岡さんの部屋、行ってみたいです」

深く考えずとも、あっさりこの言葉が出てきた。

「いいよ。じゃあ、行こうか。それにしてもいきなりコンビニに飛び込もうとしたのはびっくりした」

「すみません……」

ぽつぽつ喋りつつ駐車場に到着し車に乗り込む。彼の説明によると今、彼が住んでいるマンションは、そのマンションが建っている土地がそもそも雪岡家の土地だったらしい。

「うちの先祖が将来売れそうな土地を端から購入してったらしいんだよ。時代が変わり、持っていた土地の地価が高騰したのをきっかけに売却したり、貸し出したりして財を成していった。うちはそんな感じの家」

「へえ……すごいんですね。きっとご先祖様も雪岡さんみたいに頭のいい方だったんじゃないでしょうか」

「はは。どうかな。というかうちの父親も同じ大学だし、多分俺より頭がいいと思うよ」

「うわ……。ていうか、雪岡さんの出身大学ってどちらなんですか？」

よく考えたら、育子が超難関大出身だと言っていたのを聞いただけで、どこなのか彼の口から語られたことがない。

思い切って尋ねたら、彼がさらりと国内最高学府の名称を出したので、呆気にとられてしまった。

――うちの父も私大ではトップクラスの大学を出てるけど、雪岡家はもうレベルが違うな……

感心していると、雪岡さんがとあるマンションの敷地に入った。四階くらいまでしかない低層マンションだけど、敷地が広い。建物の横にある通路を進んでいくと、その先に平置きの駐車場があった。契約しているスペースに車を停め、彼がマンション内に向かって歩き出す。

まだ知り合ってそう間もない男性と一緒にマンションの一室に入ろうとしている。

これまでの自分では想像もつかないようなことをしていると、自分で自分に衝撃を受けた。

――だ、男性の部屋に入るんだ、私……

人生初の経験に胸が高鳴る。しかも相手は大好きな雪岡さんの部屋だ。これ以上気になる部屋はないのではないか。

やばい。緊張する。

「どうした？」

ドアの前まで来て、無表情で固まっている私に、雪岡さんが心配そうな顔をする。

「だ、大丈夫です……。初めてなんです、男性の部屋に入るの……」

「あっ!?　そうか……なるほど。中はそんなに散らかってないから、目を背けるような物が落ちてたりとかはないと思うよ、安心して」

そういう意味で緊張してるんじゃないけどな。……でもまあ、いいや。

「お気遣いありがとうございます……、失礼します」

玄関に入った瞬間、フワッと香ってきたのは雪岡さんの香りだった。

なんかもう、それだけで当てられるというか、幸せというか、胸がドキドキして困惑する。

――どうしよ……。緊張がやばい……

こんなところで彼に好きだと告白したら、私、パーンと弾けてなくなってしまうのでは。

あり得ないことを考える私の横では、雪岡さんがジャケットを脱ぎながらリビングを案内してくれた。

「えーと、荷物はダイニングチェアにでも置いてもらって。ソファーの好きなところに座ってて？俺、ちょっとジャケット片付けてくる」

「あ、はい……」

彼がリビングからいなくなった隙に、周りをじっくり眺める。質の良さそうなローソファー、黒いローテーブル、そして壁に掛かった大画面テレビ。アイランド型のキッチンには、炊飯器などの調理器具とコーヒーメーカーが並んでいる。

――雪岡さんって料理するのかな……

資産家の息子だし、実家にいたら食事の世話はきっと使用人がやってくれてたんだろうな、など邪推する。

——そういえば雪岡さんの口からお母さんの名前って出ないけど、ご存命なのかな？

自分が母と死別しているからかもしれないけれど、そこが少し気になった。

「ごめん、おまたせ。洗面所使う？」

「あっ、はい。使います」

案内された洗面所も、鏡面仕上げのピッカピカ。大きな鏡のある洗面台で手を洗ってうがいをさせてもらった。渡されたタオルはふかふかで、とても上質なものだった。

——これ、いいタオルだなあ……

育ちが良くてもここ十年ほど経済状況があまりよくない私は、洗濯を繰り返してガサガサになったタオルを未だに使用している。

あのタオルを見たら雪岡さんがタオルを買いなさい、って怒るかも。なんて想像しながら洗面所を出てリビングに戻った。

さっき私がアルコールを求めていたせいか、彼がキッチンの作業台にいくつか缶入りのアルコール飲料やビール、そこまではいいのに日本酒の一升瓶や高級そうなワインまである。

「好きなのを選んでくれていいよ」

「じゃ、缶チューハイで……」

ここ数年お酒といえばこういうものばかり飲んでいるので、高級品よりはこっちのほうが馴染《なじ》みがあって飲みやすい。

雪岡さんはビールを持ってソファーに移動した。

私が缶チューハイを開けようとすると、それを何事もなく手に取って飲み口を開け、私に戻してくれた。

さりげない優しさが嬉しい。これだけでもう、好きが溢れそうになる。

「さて、話そうか？」

「……そんな改まって言われると話しにくいです」

「んー、じゃあもっとフランクな感じで？　なんかあった？　話せば楽になるよ？」

ソファーの背もたれに腕を乗せ、片足をソファーに乗せて崩す。

「フッ……。警察庁の人なのに……」

「いや、仕事とこれは関係ないからね？　俺はとにかく、藍さんの気持ちが楽になればそれでいいんで」

「ありがとうございます。何年も会ってなかった私のことを気遣ってくれたり……雪岡さんは優しいですね」

「いやいや、そんな」

雪岡さんが照れたように笑う。これはきっと冗談だと思ってるな。

「冗談じゃないですよ？　だから私、あなたのこと好きになったので」

「それはどうもありがとう…………え？　今、好きって言った？」

スルーされるかなと思ったけれど、時間差で気がついたらしい。

「ふふっ、はい。言いました。私、雪岡さんのことが好きになったみたいです」

缶ビールを手にしていた彼が、あわあわしながら缶をテーブルに置いた。

「ええ？　それは……人間として好き、みたいな意味合い？　それとも……」

「もちろん人間としても好きです。でも、あの……別の意味でも、ちゃんと好きになっているので……」

まずい。ここまで順調に言えてたのに、急に恥ずかしくなってきた。それというのも、雪岡さんが穴が空きそうなほど見つめてくるからだ。

――な、なに、急に。

「ちょっと、雪岡さん……。急激に話しにくいんですけど……」

「だって。好きって言われたらその先が気になるでしょう。ちゃんと好きになっての続き、聞かせてよ」

参ったな。

こんな反応は予想してなかった。もっと静かな感じかと思っていたのに。

「っ……。聞かせてよ、って。好きなんです。それだけです」

「それは、俺の部屋に来るって意味だと思っていいの？　それとも、もっと先までＯＫってこと？

結婚も……」

「そうです！　好きになったんですから、一緒にいたいんです。てことはどういう意味か、雪岡さんならわかるでしょう？」

困惑気味にぶちまけたら、いきなり抱きしめられた。目をパチパチさせていると、私の体に腕を巻き付けた雪岡さんが、肩の辺りで深いため息をついた。

「よかった……。やっと君をあの部屋から連れ出せる……」

好きと言われて、真っ先に思い浮かべるのがそれなんだな、と思った。

「そんなにあの部屋に私が住んでいるのが耐えられなかったんですね？」

「……少し前に、若い女性の住まいを狙った連続暴行事件があったんだ。犯人は、君が今住んでいるようなセキュリティが脆弱《ぜいじゃく》なアパートに狙いを絞り、窓ガラスを割ったりドアをピッキングして部屋に侵入していた。幸い被害女性の命に別状はなかったけど、似たような事件が多発していることから、捜査本部も立ち上がって現在捜査中なんだ」

ひっ。そうだったんだ。

新聞は読んでいないし、ニュースもこまめに見ているわけじゃないから、そんな事件が起きていることも知らなかった。

「君のことを探し始めてすぐそんな事件が起こったから、心配でたまらなかった。何が何でも行方を捜さないとと思って躍起になってた」

「だから興信所まで使って私の居場所を……」

最初はなんでそこまでして私を探すのか、少々疑問だった。でも、そういう事情を知ると納得した。

私だって立場が逆だったら、心配でいても立ってもいられない。

「しつこくてごめん。でも、どうしても君を安全な場所にって……」

「雪岡さん」

少し彼との距離を取って、顔を見合わせた。私のことを案じてくれている彼の唇に、自分から唇を押しつけた。

触れた瞬間、雪岡さんの体が小さく揺れた。それに構うことなくずっと唇を押しつけていると、彼の手が背中に回って、きつく抱きしめられた。そして触れるだけだったキスは、彼が舌を入れてきたことで濃厚なキスに変化した。

「……っ、ん……」

まだ二回目なので、慣れない。こういうときはどうする、というノウハウが私の中にないので、されるがままだ。

――長い……

この前はこれくらいで終わったので、今もそれくらいかな、と思っていた。でも、キスが終わる気配は全くない。一度離れてもまた触れあって、角度を変えて唇を食《は》まれた。

このままだと私、この人に食べられてしまいそうだ。

「あ、の……っ、ゆきおかさ……」

「まずいな」

唇を離した雪岡さんが、ぼそっと漏らす。

「ずっと我慢してたから……衝動を抑えきれない……」

「……え。雪岡さんでもそういうことが、あるの……」

すごく理性的な人だと思っていたから、今の発言に驚いた。

「あるよ、人間だもん。それに好きな人に好きって言われて、興奮しない男がどこにいるんだ」

「雪岡さんも興奮するんだ……」

彼が堪えきれない、とばかりにハッ！　と笑う。

「藍さん限定だけどね。でも、本当にまずいな、ちょっと抑えないと。さすがに部屋に連れ込んで早速手を出すのは……」

私から距離を取ろうとする雪岡さんの手首を、反射的に勢いよく掴んでいた。

「待ってください!!」

「え」

雪岡さんが、私に掴まれた手首と私を交互に見ている。

なんだか自分がとてもはしたないことをしているような気がした。でも構わない。

「私……っ、いいんです。そのつもりで今日あなたをお誘いしたんです」

「それは、どういう……」

「……この前、桃に会ったんです。あの子、あなたと結婚する気満々でした。でも、あなたのことをご実家が資産家だからとか、顔がいいからとかそんなことでしか見ていないんです。彼女の話を聞いてたら、私、だんだん腹が立ってきて」

雪岡さんの顔にははっきりとなんで？　と書いてある。

「……腹が立つ？　どうして」

「だって、雪岡さんのことを何も知ろうとせず、表面だけしか見ていないんですよ？　そんな桃とあなたが結婚するって考えたら耐えられなくて……そんな妹に負けたくないって、人生で初めて思いました。だから……」

彼がピクッと反応した。

「藍さん」

「だから私、早く身も心も、あなたのものになりたいって、思……」

私が掴んでいた方ではないもう片方の雪岡さんの腕が、私を強く抱き寄せた。

「わかったから」

耳元で囁《ささや》く声が、とびきり優しかった。

「来て」

今度は彼が私の手首を掴み、ソファーから立たせた。そのままリビングを出て廊下に移動し、近くにあった別の部屋に飛び込んだ。広めのベッドが目に入った途端、全身に緊張が走った。

丁寧にベッドメイクされた掛け布団を、彼がバサッと捲《めく》る。しわ一つ無いシーツの上に座り、私に向かっておいで、と手を広げた。

まるで操られているかのように、ふらふらと彼に近づく。体がくっつきそうな距離まで来ると、雪岡さんが私の腰を抱いた。

「ここ、座って」

彼が自分の太股《ふともも》をトントンと手で叩《たた》く。

「……重くないですか？」

「全然」

いいのかな、と思いつつ、彼の両足を跨《また》ぐようにして、太股に腰を下ろした。刹那、すぐに彼が唇を重ねてきて、心臓が跳ねた。

「ん……」

そっと触れてくる彼の唇からは、優しさが伝わってくる。

この人とこれから愛し合うんだ。それを想像しただけで、過去最高のドキドキが私を襲った。

触れるだけのキスが、今度は激しく舌を絡め合うキスに変わった。圧倒的に経験値のない私をフォローするように、常に雪岡さんが私をリードしていく。

――キス……うまいな……

イケメンでキスが上手いってずるい。などと考えていると、私の背中に手を回した彼が、私と一緒にベッドへなだれ込んだ。

「あっ……！」

首筋に吸い付かれ、たまらず声が出た。彼はそれに構うことなく、耳朶《じだ》、首、鎖骨……へとキスを繰り返す。

「や……く、くすぐったい、です……」

キスだけでなく、首筋にいる彼の前髪が肌に触れると、それだけで体が粟立《あわだ》つ。

「……ん？　そか。でも、いつまでそんなこと言ってられるかな」

「え……」

顔を上げた雪岡さんが笑いながら、ワンピースの前ボタンをプツプツと器用に外していく。気がつくとインナーに着ているキャミソールが露出し、なぜか私がゴクッと喉を鳴らしてしまう。

「緊張してる？」

「うん……」

「まあ、するか。緊張するなっていうのがまず無理だもんな」

そう言いつつ、彼の手はまだボタンを外し続けている。結果、ワンピースの前ボタンは全て外され、ショーツも丸見えだ。

「寒い？」

「ううん。大丈夫……」

むしろ興奮して暑いくらいだった。

彼の手がキャミソールの裾から中に入り、直接肌に触れてくる。大きな手がブラジャーの上から乳房を包むと、またドキドキが一段と大きくなった。

「すっごくドキドキいってる」

「だって……はじめてだもん……」

「だよね」

クスッとした雪岡さんが、手を一瞬私の背中に回した。パチッと音がして、ブラのホックが外されたとわかった。途端に胸の締め付けがなくなり、胸元が心許《こころもと》なくなる。

「直接触るよ？」

「うん……」

私の許可を得ると、彼の手がブラジャーをどけて直接胸の膨らみに触れてきた。彼は膨らみの感触を確かめるように中心を避け、下からすくい上げるようにして乳房を愛撫《あいぶ》する。

——なんか……変な感じ……

まだここまでは余裕があった。

でも、彼が先端に触れてくると、その余裕は徐々になくなっていった。

「っ、あ！」

先端に指が触れた。軽く触れただけなのにビクッと腰が跳ねる。

その様子を見ていた雪岡さんが、少しだけ口元を緩ませた。

「……感じる？　ここ」

話しながらキュッと乳首を摘まれた。

「ああっ!!」

「気持ちよさそう」

私の反応に気を良くしたのか、彼が先端に的を絞って愛撫を始めた。

まず、指の腹を使ってくりくりと軽い愛撫。それから親指と人差し指で強めに摘まんでくる。

経験のない甘い痺《しび》れが、容赦なく私に襲いかかった。息つく暇なく快感がやってきて、自然と呼吸が荒くなっていく。

「あっ………は………っ、……ン」

太股を擦り合わせながら、なんとか快感を堪えた。でも、指から舌での愛撫に変化すると、私の中にあった余裕が完全に消えた。

「やっ……!!　ん………っ、それ、だめですっ……！」

「だめなの？　どうして？」

「だってっ……、き……気持ちよくなっちゃう……からっ……」

「気持ちいいのはいいことなんじゃない？」

雪岡さんが舌先を使ってチロチロと先端を舐《ねぶ》る。時折こちらに視線を送ってくるのが、なんだか見せつけられているようで羞恥が増した。

——恥ずかしい。……でも、興奮する……

男女の営みがどういったものなのか、頭では理解していた。でも、実際こういう状況になってみて初めて、いろいろわかった気がする。

こんな恥ずかしいこと、本気で好きな人相手じゃないとできない。少なくとも私は。

「んっ……、あ……」

堪えようとしても、勝手に口から声が漏れる。それが、なんだか自分の声とは思えないほど艶《つや》めいていて、恥ずかしいのと困惑とで頭が混乱している。

「雪岡さん……」

「ん？」

「私、恥ずかしくて死にそうです……」

思わず今の心情を吐露したら、愛撫を止め彼が顔を上げた。

「……いや、まだこれからなんだけど……。ここで恥ずかしくて死んじゃいそうなら、この先藍さん、どうなるのかな」

「私が知りたいです……。死んだらごめんなさい……」

「いや。死なせないから」

一際強く先端を吸い上げられ、「あっ‼」と大きめの声が漏れた。

吸われたあとの余韻でハアハアと息を荒げていると、彼の指がショーツのクロッチ部分に触れてきた。

「んっ！」

ビクン、と体を揺らしている私に構わず、彼の指がクロッチの上を何度も往復する。次第にそこが熱を帯びて、私の中からあふれ出た蜜がショーツを濡《ぬ》らしていった。

「……熱いね、ここ」

「よくわかんな……」

「ちょっとごめん」

ショーツをずらされ、股間が露わになる。普段人に見せたことのない場所がひんやりとした空気に晒《さら》され、私の羞恥はＭＡＸに達した。

——し、死にそう……。本当に死にそう……！

両手をグッと握りしめながら、浅い呼吸を繰り返す。次にどんなことをされるのだろう、と体を固くしながら待っていると、彼の手が恥丘に触れ、指が蜜口に差し込まれた。

「あっ……！」

蜜口の奥へと進んだ指が前後に動く。もっと痛いものかと思っていたけれど、指の動きに痛みは伴わず、スムーズだった。

こそばゆいような、気持ちがいいような、初めての感覚。

「すごい……もうこんなに」

「な……なにがすごいの……？」

話している最中も、彼は指の動きを止めない。お腹の奥で指が動くというのは初めてで、不思議な感覚だった。

私の問いかけに黙り込んだ雪岡さんが、上体を屈《かが》めて顔を近づけてくる。

「俺の愛撫に感じてくれてるんだなってこと」

深い口づけに、目を閉じて身を任せた。その間も彼の指は私を愛撫し続け、次第に私の呼吸が荒くなっていった。

「……っ、ん……っ、あ……」

キスを終えると、雪岡さんが今度は私の腰辺りまで移動する。股間に顔を近づけ、じっくり見られているけれど、今はそれに恥ずかしいとか思う余裕がなかった。

「溢れてくるね。こっちはどう？」

彼が襞《ひだ》を捲り、奥にある蕾《つぼみ》を指で弄《いじ》ってくる。

「あっ、は……!!」

これまでと比較にならない快感に襲われ、反射的に足を閉じそうになった。でも、それを彼に足を掴まれ阻止された。

そのまま、彼は無言で蕾を舌で嬲《なぶ》り始めた。ざらついた舌が嬲るたびに与えてくる快感はもはや電流のように、体を伝って全身に刺激を与えてきた。

「やあっ……!! む、むりっ……こんなの……っ」

左右に体を捩《よじ》って快感を逃がしても逃げてくれない。愛撫が続くのに比例して徐々に体の奥から湧き上がる得体の知れない感覚が私を支配しそうになり、少しだけ怖くなった。

「あ……っ、だめ、なんか、きちゃうっ……」

「うん。大丈夫だから」

股間で喋られると、それがまた刺激となって私の快感を煽《あお》ってくる。

「だめ、しゃべっちゃ……、あ、あ、あ……っ!!」

まるで風船のように膨れ上がった快感は、パンと弾けて霧散した。今の今まであったあのもどかしい感覚が一気に消え失《う》せると、急に力が抜けて呼吸も楽になった。

「……っ、いま、の、なに……っ……」

ベッドで仰向《あおむ》けになったまま放心状態の私に、上体を起こした雪岡さんが微笑みかける。

「イけたんだ」

「いけ……。あ、そういうこと……」

なんだかよくわからないものの正体がわかり、ひとり納得した。

「感度がいいんだね」

「そ……そういうことなんでしょうか……」

それすらもよくわかっていない。混乱しながら雪岡さんを目で追っていると、彼が勢いよく上半身に着ていたものを脱ぎ出して、ドキッとした。

露わになった胸筋、腹筋。無駄な肉が一切ないその逞《たくま》しい体に、胸がときめいた。

――今からあの人と、ひ、ひとつになる……

考えただけでドキドキが激しくなって、心臓が口から出そうになる。

下半身の服も脱ぎだした彼を直視できなくて、自分の周りにあった服を床に落としたり、まだ身についていたブラやキャミを脱いだりしているうちに、彼が近づいてきた。

いつの間にか用意されていた避妊具がしっかり装着されているそれは、下腹部にくっついてしまいそうなほど反り返っていて、思わずごくんと喉を鳴らしてしまった。

「最初だから痛いかもしれないけど、ゆっくりするから。痛かったら言って」

「はい……」

でも多分、我慢すると思う。

頭ではこう思っていたけれど、彼には言わなかった。だって、痛いと言ってしまったらきっと彼は止めてしまう。それが嫌だった。

今夜は、絶対にこの人と一つになりたい。

これまで絶対にこうしたい、というものがなかった私にしては珍しいことでもあった。だからこそ、今はこの人と離れたくなかった。

股間にそっと宛《あて》がわれた屹立《きつりつ》は、太くて固い。これが本当に自分の中に入るのか不安がよぎる中、それはゆっくりと押し入ってきた。

「んっ……!!」

入ってきたときから、圧倒的な存在感だった。これがこのまま奥まで？　と考えたら、本当に可能かどうか心配になる。

でも私のそんな気持ちを払拭するかのように、彼は徐々に屹立を奥まで進めていく。

「うっ……。せま……」

私が痛みを感じ始めるのとほぼ同じくして、彼の表情もゆがみ始めた。

「あっ……ご、ごめんなさい……大丈夫ですか……？」

咄嗟に謝ったら、笑われた。

「大丈夫。俺は気持ちいいんだよ。藍さんが辛いんじゃないかと思って……」

「……私は、だい、じょうぶ……です……。我慢するのは慣れているので……」

「そんなの慣れちゃだめだよ」

彼が奥まで進んだ屹立を、一旦浅いところまで戻した。それに少しホッとして、息を吐き出した。

実際、痛かった。初めてってこんなに痛いものなんだと友人達から話は聞いていたけれど、実際してみるとこれだけ痛みがあるのかと、改めて驚いた。

——でも、皆これを経験してる。私だって……

「大丈夫？　いけそう？」

心配してくれる雪岡さんにキュンとなる。

「はい。大丈夫なので……してください。やめないで……」

お願いしたら、雪岡さんが、グッと口元を引き締めた。

「そういうこと言われると……こっちはもう止められないんだよな……」

なんとなくさっきよりも質量が増した感のある屹立が、再び奥へ進む。

「んんっ……!!　あ……っ!!」

もちろん途中痛みは伴った。でも、あと少しでこの人としっかり繋がることができる。その希望に大きく背中を押され、なんとか耐えることができた。

「はい、った……。大丈夫？　痛くない？」

「うん……。大丈夫……。ていうか、雪岡さん、さっきから大丈夫ばっかり」

「そりゃ、心配だから。痛い思いさせたくない」

そういうことを言ってくれる雪岡さんだからこそ、初めてを捧《ささ》げた。

「雪岡さん、好きです。……抱きしめて」

すぐに彼が私を力一杯抱きしめてくれた。まだ動かないでいてくれるのも、おそらく私を気遣ってのこと。そんな彼を、心から愛《いと》しく思った。

「……う、動いていいよ？」

「んん？　でも、多分痛いと思うよ」

「いい。早く雪岡さんにも気持ちよくなってほしい……から……」

彼と目を合わせると、なんだか照れくさいような、困ったような顔をされた。

「うーん……じゃあ、動くけど。本当に我慢できなかったらすぐ言って？」

うん、と小さく頷くと、雪岡さんが私から離れ腰を掴んだ。奥に到達していた屹立が蜜口の辺りまでくるように腰を退いてから、再び奥へ突き上げてきた。

「あっ……！」

痛みはある。でも、これは乗り越えないといけない痛みだと自分に言い聞かせた。

「……っ、あいっ……！」

「あっ、あ……ン、ン……っ!!」

はじめはゆっくりだった抽送が、徐々に速度を増していく。あんなにあった痛みもあまり感じなくなった。その代わりに、奥を穿《うが》たれることで生まれるまた違った感覚が、私を次第に支配していった。

「……っ、好き……っ」

今私と一つになっているこの人のことが好きで、好き過ぎて、気持ちが溢れて止まらなくなる。

「あっ、あ、あっ……あああっ……‼」

しっかりと彼の体に腕と足を絡ませているうちに、彼の動きが激しくなった。激しい動きに私の思考が吹っ飛びそうになったそのとき、向こうの体がガクガクと揺れ、達した。

「……っ、はあっ、は……」

私のすぐ横に倒れ込んできた雪岡さんを見つめていると、視線に気がついた彼が力なく笑った。

「……大丈夫？」

「うん……」

顔を近づけてきた雪岡さんが、キスをしてくれた。

まだ下腹部に痛みはあるけれど、今はこの人と一つになれた喜びが完全に上回っている。

――嬉しい……この人と愛し合えた……

なんだかまだ夢の中にいるような、ふわふわした気持ちのまま彼に抱きついた。

第五章　三田家の人々

週末を終えて月曜がやってきた。

これまで幾度となく経験してきた月曜の朝。でも、雪岡さんとの甘い週末を経て迎える月曜日は、これまでと全く違うものだった。

起きたときのすっきり感も違うけれど、一番大きな変化は、会社に向かうまでの足取りが軽かったことだ。

――これまでは別に嫌なこともなにもないけど、月曜の朝は、また一週間が始まるのか……って考えて、一人でため息をついていたなあ……

なのに、今朝は全くそういったことを考えなかった。それどころか、雪岡さんの顔を思い出すだけで職場すらキラキラ輝いて見えた。

雪岡さん様々である。

彼とああいうことになって、土曜の夜はそのまま彼の部屋に泊まることになった。一晩一緒に過ごして、益々《ますます》彼の事が好きになったし、絶対に桃には渡したくないと思った。

だからこそ私には今、どうしてもやらなければいけないことがある。父との会話だ。

電話でもいいけれど、父はあまり電話が好きではないらしい。仕事では携帯電話も普通に使うけれど、家では極力使いたくないそうで、ここ数年、父と連絡を取る場合は秘書に連絡をしたほうが繋がるし、連絡がスムーズにいく状況だった。

私も高校時代父に電話して冷たい態度を取られて以来、父に電話をするのが怖くなってしまった。

でも、どうせあの家にはもう関わらないし、電話なんかしなくていいやと思っていた。

しかし、雪岡さんとこういうことになった以上、このままというわけにいかなくなった。

彼と一緒になるために、婚約者の件は私の方で片付けなければならない。

——あまり気が進まないなら、雪岡さんがもう一度父と話すって言ってくれたけど……でも、全部彼に頼りきりっていうのは、なんだか違う気がする。

これは三田家長女である私が、自分でどうにかしなければいけない問題だと思ったからだ。

——とりあえずは秘書さんに電話、かな。

そう考えた私は、昼休みになってすぐ、父の秘書をしている男性に電話をかけた。

「お久しぶりです、三田雅司の長女の藍です」

電話の向こうから息を呑《の》む気配がして、少し笑いそうになってしまった。

——電話してくることが珍しいもんね。そういう反応になるよね。

「お忙しいときに申し訳ありません。実は、父と会って話したいことがあるんです。近いうちにどこかで時間を取っていただけませんか。それと、この件は母の育子と妹の桃には内密でお願いしたいんです」

私の予想では秘書の男性も育子に手を焼いているはず。だからきっと、私のこんなお願いを何も言わず聞いてくれるのではないか、という淡い期待があった。案の定、それに関してはすんなり『承知いたしました』と言ってくれた。

少しお待ちください、という秘書に従い、電話を切らずにそのまま待つ。するとすぐに秘書が再び電話に出て、今夜はいかがですか、と言ってくれた。

こんなにすぐＯＫが出るとは思わなかったけど、早ければ早いほうがいい。

「わかりました。では、今夜そちらに伺います。よろしくお願いします」

電話を終えて一息つく。無事アポが取れたという安堵《あんど》のあとに、父と会話しなくてはいけないという不安がどっと押し寄せてくる。

――実の親子なのに。変なの。

家族の現状にため息が出る。でも、こんなことになったのは、これまで父との対話を拒んで実家の事を放置した自分にも非があるのだ。

仕方がない、と腹を括《くく》った。

父は昼間、三田家が所有する自社ビルにいる。ビジネス街にあるそのビルには、関連会社が数社と、地下と一階から三階までは飲食、物販のテナントなどが入っていて人の流れも多い。

仕事を終えて久しぶりにやってきた三田のビルを見て、真っ先に懐かしさを感じた。

──相変わらず大きいな……。それに、昔とテナントが変わった……？

高校生の頃は何度かここに来たことがあったけれど、大学に入って以来まったく近づかなくなってしまった。そのせいもあって、一階の景色が昔とはだいぶ違って見えた。

一階にあったシックな感じのコーヒーショップ素敵だったのに、なくなったんだなあ……などと、昔とはがらりと店構えが変わったお洒落《しゃれ》カフェを眺めながら、エレベーターホールへ向かう。

父がいるのは十五階にある役員フロアのオフィス。十五階に到着して、すぐ目の前にある受付の女性に父との面会に来たと話すと、秘書さんから話が伝わっていてすぐに奥の部屋に案内された。廊下の突き当たりにある社長室の前に立つ。

「こちらです」

女性スタッフがドアをノックし、「お嬢様がいらっしゃいました」と部屋の中にいる父に声をかけた。すると間髪容《い》れず父の声が聞こえてきた。

「入りなさい」

久しぶりに直接耳にする父の声は、昔と変わらない。威厳を感じる低い声に、体が緊張で固まる。でも、逃げて帰るわけにもいかないので、女性スタッフにお礼を言い、ドアを開けた。

「失礼します」

奥に進むとすぐ、大きなデスクを前にして深く椅子に腰掛けている父の姿があった。

父の身長は百七十五センチくらい。がっちりした体格の父は、髪もふさふさで五十五歳という実年齢より若く見られがちだ。見合い当時二十五才の育子が惚《ほ》れ込《こ》んだという、整った顔立ちは若干渋さが増した気がする。

毎年正月にちらっと見てはいるので、父にあまり変化はない。でも、職場にいる父を見るのはかなり久しぶりで、なぜだか緊張する。

「きゅ……急に連絡してすみません。話があって来ました」

「座りなさい」

父のいるデスクから少し離れた場所にある応接セット。その黒いレザーのソファーに腰を下ろすと、すぐにこちらにやってきた父が前に座った。

「こうやってお前と二人きりで話すのは久しぶりだな。で、会って話さないといけないような話ってなんだ」

「雪岡さんとの婚約の件です」

父の眉がピクッと反応した。

「婚約……。私はまだ、お前に直接その話をした記憶がないのだが。誰から聞いた、育子か？」

確かに父の口から婚約に関して語られたことはない。

「ううん、雪岡さん本人が私に会いに来てくれたの。そこで知った。……あの、彼との婚約のことをなんで話してくれなかったの？　雪岡さんは、大学生くらいのときから私が婚約者だって聞かされてたらしいけど……」

父が少し気まずそうな顔をしてから、小さく息を吐き出した。

「私と雪岡との間でその話が出たのは、お前が高校生のときだ。確か進路を決める間際だったと思う。普通、親ならそういった大事な時期にお前を動揺させるようなことは言えないだろう。それに親同士が決めた話とはいえ、一番肝心なのは本人達の気持ちだ。婚約者というのはあくまでも仮で、本人達の承諾なしに無理矢理、お前と雪岡の息子を結婚させようと思っていたわけではない」

「なんだ、そうなの？」

――なんか、今日のお父さんは、普通の父親みたいなこと言っている。

今の父親は、昔のように声をかけにくい雰囲気はない。なんでだろう。年を取ったから？　よくわからないけれど、私には好都合だった。

「……しかし、雪岡の息子はよくお前の場所がわかったな」

「え、ああ……雪岡さん、育子さんに今現在自分の婚約者が私ではなく桃だと教えられたらしくて。それに驚いて、必死になって居場所がわからない私を探してくれたって……」

話の途中でさっきの女性スタッフさんがお茶を持ってきてくれた。それにお礼を言ってから父を見ると、なぜか困惑顔だった。

女性スタッフが部屋を出て行くと、父がすぐにその疑問を私にぶつけてきた。

「今、なんと……？　桃が雪岡の婚約者……？　そんなこと誰が決めたんだ」

父の表情には焦りが滲《にじ》んでいた。

これは、どう考えても嘘《うそ》を言ってる顔じゃない。やはり父は知らなかったようだ。

「育子さんが言ってた。私もそうだって言われた」

途端に父が不機嫌そうに顔を歪《ゆが》めた。

「また育子か。あいつ……勝手なことを!!　それに桃はまだ十九だぞ!?」

「でも、桃もその気だった」

父が驚いたように目を丸くする。そしてすぐ、困惑気味に目を伏せた。

「なぜ私の知らないところで、いつの間にかそんなことになってるんだ……！」

吐き捨てるように零《こぼ》す父の姿にこっちが困惑する。

――本当に知らなかったんだ？　なんでもかんでも育子に任せっぱなしだからこういうことになるのよ。

……と、喉まで出かかったけど、我慢した。

「じゃあ、雪岡さんとの婚約の件は、最初の約束どおり私と雪岡さんでいいってこと？」

「お前、雪岡の息子と結婚したいのか」

「う、うん……。会ってみたらすごくいい人で、意気投合したので……できることなら……」

「私はそのつもりだったからな。お前達がその気ならそれはそれでいい。だけど、問題は育子だ。なぜ勝手に婚約相手を藍から桃に変更など……」

父の口から育子が問題だ、だなんて出たのは初めてだった。それに私の前で育子を咎《とが》めるだなんて。

――お父さんが育子のことを褒めるどころかこんなことを言うなんて。

初めてのことばかり起こって、パニックになりそうだった。

「お父さんと育子さんって、今どういう関係なの？　ちゃんと会って話はしてるの？」

片手で湯呑《ゆの》みを持ち喉を潤してから、父が腕を組みソファーの背に凭《もた》れた。

「……正直なところ、会話という会話はない。必要なことは秘書を介して連絡を取り合っている。ずっとそういう生活だったから疑問に思うこともないし、育子もその生活で満足していると思っていた。しかし、最近の育子が少々自由にやりすぎて親類関係から苦情が出始めているんだ。……頭痛の種だ」

「あの……。昔はお父さん、私が育子さんから邪険に扱われてるって話しても、そういうことを言うなって逆に私を叱ったよね？　覚えてないの？」

少し語気を強めて尋ねると、父の表情が少々曇った。

「……覚えている。あのときはそれが正しいと思っていたが、だいぶあとになってから後悔した。

……本当に、お前には申し訳ないことをしたと思っている、すまなかった。もちろん今だってずっとお前には申し訳ないと思ってる」

あろうことか父が私に頭を下げている。あの父が。

焦りのあまり、つい前のめりになってしまう。

「ちょ……ちょっと、待ってよ……！　私、あのときお父さんに味方になってもらえなくて、すごく悲しかったんだよ？」

「わかってる、申し訳なかった」

すんなり謝ってくる父に肩透かしを食らう。

「わ……私が、大学時代ずっと寮生活してたのも、卒業してからずっと家に帰らず一人暮らししてるのも全部、育子さんと桃がいる家に帰りたくなかったからだよ？　もしかしてわかってた？」

私の問いかけに、父が静かに頷《うなず》いた。

「わかってる。だから強引に連れ戻そうとはしなかっただろう。ただ、安否確認とお前の顔が見たいから年に一度帰ってこいと言っただけだ」

「じゃあ、今住んでいる場所のことも知ってるの……？」

ずっと俯《うつむ》いていた父が顔を上げた。

「勤め先の社宅にいるんだろう。育子から聞いている。社宅がどんな場所なのかは聞いていないが、育子によれば良い場所だというし、楽しくやっているようだから安心していたところなんだが……」

やっぱり育子、話してない。

思った通りで笑えてきた。

「ああ、この前育子がお前のところに行っただろう。そのときに米を渡すよう頼んでおいたが、ちゃんと受け取ったのか」

「……お米、送るって言ってたよ。まだ届いてない。育子さん忘れてるんじゃないの」

「年に一回、契約している米農家から大量に米が送られてくるんだ。家族と使用人だけでは食べ切れないから、数キロは藍に送るよう毎年育子に言っているんだが……。藍の顔を見がてら、直接持って行けって言ったのに、あいつ……」

舌打ちを打つ父の変化に、ここ数年で何があったのかを問いたくなった。

「お父さん。私が実家にいない間、育子さんと何があったの？」

「育子はここ数年、行動が怪しい」

えっ、と私の動きが止まる。

「勝手に家政婦を辞めさせてフレンチシェフを雇ったり、ハウスキーパーを増やしたりやりたい放題だ。育子が忙しいなら容認できるが、あいつは毎日遊び歩くだけでなにもしていない。それを咎めても止める気配もない。こっちは毎食フレンチだなんて胃がもたない。だからここ数年はあまり家にも帰っていないんだ」

「え、じゃあ……お父さん、普段どこで寝泊まりしてるの？」

「ホテル」

——お父さん、家に帰っていないのか……

フレンチシェフを雇ったという話も、雪岡さんから聞いた通りだった。

「このところ育子の金遣いが前にも増して荒くなってきたと、秘書から指摘はあったんだ。最近はどうも散財する桁が違うようだと内密に報告を受けてな、今調べているところだ」

「調査のあとはどうするの？　育子さんとはこのまま婚姻関係を続けるの？」

「いや。別れるつもりだ。桃には申し訳ないがな」

「……!!」

父がこんなことを言い出すなんて思わなかった。

「それよりも藍。お前、生活は大丈夫なのか。よくよく見ればお前、前よりも痩せてないか？　毎月ある程度の額は振り込んであるが、もし足りないようなら額を増やしても……」

急に出てきたお金の話に、自然と目が丸くなった。

「え？　振り込み？　なんのこと？」

きょとんとして聞き返したら、父も鳩《はと》が豆鉄砲を食らったような顔をする。

「……なにって、私からの生活費だ。社会人になって地方に行くとき、通帳と印鑑を渡しただろう。毎月お前に私の口座からまとまった額を振り込んでいるはずだが」

「なに、それ……」

知らない。そんな通帳、もらっていない。

「……お父さん。その通帳、誰に預けた？」

「誰って、育子に……」

父がハッとして目を見開き、私と視線を合わせてくる。

「あいつか……!!　あいつ、お前の生活費まで搾取……!!」

私が社会人になってからとなると、もう六年近い。父が毎月いくら送金していたのかはわからないけれど、おそらく積もり積もると額も大きいはずだ。

「あの人、そこまでする……？」

育子のがめつさに寒気がしてきた。いくら先妻の娘が邪魔だからって、そんなことまでして私を苦しめたいのかと。

「すまない」

いきなり父に謝られた。

「え？　いや、私は大丈夫だから。自分が稼いだ額でやりくりできたし、今だって少ないけど貯蓄もできてる。生活の面で不自由なことは一切ないよ。それよりお父さんの方が……」

私に充てていたお金をまるまる育子に取られた。その無念さに、父の顔が痛々しげに歪む。

「いや、金のことはいいんだ。それよりも、ここ数年お前の力になれなかったことが申し訳なくて。本当にすまなかった。……育子のことは、このままというわけにいかない。とにかくあいつとは縁を切る」

父の口からそんな言葉を聞く日が来ようとは。

長年我慢し続けたぶん、どっと肩から大きな荷が下りたような気持ちになる。それと同時に、あんなに怖かった父が今は怖くない。どこにでもいる、普通のお父さんだ。

意地を張ってずっと父との対話を拒み続けていた。そんな自分が情けなく感じ、大きな後悔に襲われた。

「ごめん……お父さん、ごめんなさい。私、育子さんと桃から逃げることしか考えてなかった。もっと早くお父さんとこうして話せばよかったね」

父が小さく首を振った。

「いや。私も頑《かたく》なだった。母を失ったお前に新しい母をと思い育子と再婚したが、お前の母は一人しかいない。そのことに気がつくのに数年かかってしまった。育子がお前に冷たくしていると気がついても、まだ幼い桃から母親を奪うことはできないと、お前に我慢ばかり強いてしまった。本当に悔やんでも悔やみきれない」

いつも強気で、威厳があって声をかけることすら憚《はばか》られる。そんな父親の弱気な姿を見せられたのは、ある意味ショックだった。

でも、ずっと胸にあったわだかまりが、今一気に消えてなくなった。

私と同じように父も苦悩していた。それを知ることができて嬉《うれ》しかった。

「もういいよ……。それに、私が実家にいないことで雪岡さんが私を探してくれたんだし。もし私が実家にいて、何不自由なく楽しく生活していたら、雪岡さんと出会ってなかったかもしれないから……」

過去がどうだったと悔やむのは止めたい。できることなら未来を見据えて生きていきたい。ありがたいことに私には父もいるし、雪岡さんもいる。

心強い味方がいるだけで、こうも気持ちが前向きになるのだと知った。

「それよりも……育子さんのことはどうするの？　桃も……」

「私が直接話す。お前に渡した通帳のことや、最近の金遣いの荒さをはっきりさせて、そのうえで離婚を切り出すつもりだ」

「……でも、財産分与とか、どうするの？　育子さんのことだから、こっちから離婚を切り出したらきっと財産を寄越《よこ》せって言ってくると思う……」

父がどれくらいの資産を保有しているかなんて、私にはわからない。それをあの女がみすみす逃すはずはない。

「夫婦が離婚する際の財産分与は、あくまでも婚姻期間中のものに対してだから、さほど大きな額ではない。そのあたりは調査中だからまだなんとも。もし育子が不貞行為を犯していたならば、また話は変わってくる」

「育子さんが不貞行為……」

「じゅうぶんあり得る話だと思うがね」

落ち着いて淡々と話す父は、何か勘づいているのだろうか。

気にはなったけれど、これ以上詳しいことは聞かなかった。

それよりも、そもそものここへ来た目的を思い出した。

「じゃ……じゃあ、雪岡さんの件だけは私が婚約者で問題ない、ってことで……」

ああ、と父が身を乗り出した。

「雪岡の息子か、確か警察庁のキャリアだったな。どんな男なんだ」

「どんな男……。えっと……優しくて、私の状況を心配してくれるすごくいい人です」

「いい男なのか」

「うぇ？　あ、う、うん……とても」

いい男、という単語だけで照れてしまい、うまく言葉が出てこなくなった。

——だってお父さんの口からいい男とか……。これまで聞いたことがなかったから……

顔が熱い。多分今、私、顔が赤くなっていると思う。

そんな私を見て、珍しく父が楽しそうに微笑《ほほえ》んだ。

「そうか。よかったな。雪岡も若い頃は色男だったからな……。あいつに似てるとなると相当な美形だろうな。うまくやりなさい」

「………が、頑張ります……」

改めて父に頑張れと言われるとさらに照れる。

しかしここで、父が表情を引き締めた。

「ただ、育子には気をつけなさい。あいつが意図的にお前から桃に婚約者を変えたとなると、お前と雪岡の息子が上手《うま》くいくことをよく思わないはずだ。お前に危害を加えるとは思えないが……しばらく育子に所在がバレている今の社宅には戻らない方がいいのではないか。育子が来るかもしれないからな」

「……そ、そうかな、やっぱり……」

「なんならホテルにでも避難しなさい。私が定宿にしているホテルがあるから、そこでもいい。金のことは心配いらない。困ったらすぐ電話しなさい。私の番号はわかるな？」

「……でもお父さん、携帯電話嫌いでしょ？」

父がため息をついた。理由はわからない。

「このご時世、携帯電話が苦手と言ってる場合じゃないだろう。昔は持たなかったが、最近はちゃんと持ってるよ。私が会議などで不在の場合は秘書の村尾《むらお》にかけなさい」

「わかった」

ここに来る前に私が電話をかけた秘書の村尾さんというのは、ここ十年くらい父の秘書をしてくれている男性だ。多分年齢は四十代くらい。

――ちょうど私が家を出た辺りから秘書をされてるのよね。十年前はお若かったけど、最近は渋さが出てかっこいい感じになってたな。

余計な話を一切しない、超真面目な人という印象の村尾さんとは、事務的な会話くらいしかしたことがない。でも、父が全面の信頼を寄せている秘書なので、きっと頼りになるはずだ。さっきも育子には内緒で、というお願いをすんなりきいてくれたし。

「じゃあ、帰るね。お父さんありがとう」

「いや。また何かあったらいつでも来なさい」

その言葉にほっこりする。

父という力強い味方の言葉を胸に、来た時とは別人のように自信をつけて帰路についたのだった。

父と話し合ったことは、すぐ雪岡さんに報告した。

三田が所有するビルを出てから雪岡さんに電話をかけると、三コールもしないうちに彼が出てくれた。

『藍？』

いきなり呼び捨てで名前を呼ばれて、心臓が大きな音を立てた。

「そ……そうです。いきなり名前で呼ばれるとびっくりします……」

『あ、ごめん。ずっと脳内では藍って呼んでたからつい。どうした？　何かあった？』

――ずっと名前呼びだったんだ……そうなんだ……

地味に照れる、と思いつつ気を取り直して。

「あの、さっきまで父と話してたんです。結果から言うと、大丈夫でした。雪岡さんとのことも承諾してもらえました」

『えっ。本当に⁉』

珍しく雪岡さんが大きな声を出した。スマホを耳から離してもじゅうぶん聞こえるくらいの声に、思わず笑みが漏れる。

「はい……。思いきって話してよかったです。長年のわだかまりが一気になくなっただけじゃなく、父が味方になってくれました」

『そうか……。よかったな。絶対父上は君のことを思ってくれてるって確信はしてたけどね』

「それでですね。父も、育子に不信感を持っていることがわかりまして」

『……へえ。まあ、あの奥さんじゃね。普通そうなるよな』

まるで気がつかない方がおかしい、と言わんばかりの雪岡さんに、ふっ、と笑いが漏れる。

「私と雪岡さんがこうなることを育子はよく思わないだろうから、気をつけろって言われました。なんなら、しばらくあの社宅には戻らない方がいいとも言われてしまって……父は、しばらくホテルにでもと……」

『え？　そんなの俺のところに来ればいいだろ』

「……えっ」

『そもそも俺、ずっと俺のところに来なよって言ってたよね。まさか忘れてないよね』

――そうだった。

言われて思い出した。でも忘れてたなんて言えない。

「いや、そういうわけじゃないんですけど……。でも、父があぁ言ってくれたからそれもいいかなって思って……」

『ホテルだと金もかかるだろ。俺のところに来ればタダなんだから。よし、決まり。もう今日から荷造り開始ね』

「え……あっ……。わ、わかりました……」

『でもさ、よかったね。父上と腹割って話せてさ。身内に味方がいるといないでは大違いだ。しかも、家長の父上だし誰よりも頼もしいだろ』

「うん。すごく安心した。それもこれも、全部雪岡さんのお陰だよ。ありがとうね」

素直になってお礼を言うと、スマホの向こうからフッ、と彼が笑った気配がした。

『俺はたいしたことしてないから。藍が頑張ったからだよ。……あ、ごめん、今職場なんだ。そろそろ切るよ』

「あっ、ごめんなさい！　忙しいときに話聞いてくれてありがとう、じゃ」

『うん、また』

通話を終えて、スマホをバッグにしまう。

それにしても、今の父とあんなにスムーズに話ができるとは思わなかった。こうなると雪岡さんには感謝しかない。

――あの人が突然私の前に現れなければ、きっと私は今でも父や三田家から逃げ続けていたと思う……

すべては雪岡さんのお陰。

彼に感謝しながら、自分の中で彼への愛情がさらに深まっていくのを感じていた。


今私がすること。それは引っ越しだ。

職場には結婚の予定があるため、婚約者の部屋に行くことになったと正直に伝えた。

「えっ……!! 三田さん、お付き合いされている方いたのね!? ぜんっぜん会話に出ないから、勝手にいないと思い込んでたわ」

勤め先の副社長で、社長の奥様である泉さんに報告すると、ものすごく驚かれた。

「すみません、そういうわけで今住まわせてもらっている社宅を出ようと思います。今まで大変お世話になりました、ありがとうございました」

これまでの感謝を込めて、深々頭を下げる。

「いいのよ～!!　それにあのアパート、建て替えようと思ってたところだから良いタイミングかも」

「え。建て替えですか……」

泉さんがうん、と力なく頷く。

「あのアパートは先代社長から受け継いだもので、だいぶ古いしねえ……。大きな地震が来たら倒壊しちゃうかもしれないでしょ？　ずっと考えてたんだけど、三田さんも出るし、これをきっかけにやっちゃおうかなって」

「そうですか……。二年近く住んだので寂しいですけど、新しくなるのはいいですね！」

確かに今住んでいるアパートは、大きな地震がきたときミシミシと家鳴りのようなものがすごかった。建て替えてくれるならそれがいい。すごくいい。早くやったほうがいい。

社宅を出ることが決まった、となると。まずは荷造りだ。

家電などを除けば、服や雑貨などの荷物はそう多くない。スーパーでもらってきた段ボールがいくつかあれば、それですっぽり収まりそうだ。

帰宅して食事を済ませてから、寝るまでの時間を使ってぽつぽつ荷造りを始めた。

雪岡さんがある程度荷物をまとめてくれたら、休日にまとめて運ぶよと言ってくれた。

——本当になにからなにまで、ありがとうございます……

心の中で何度も彼にお礼を言った。

あの人だって仕事で忙しいはずなのに、私のことでいろいろ手間を取らせてしまい、本当に申し訳ない。

数少ない本などを段ボールに詰めていると、ピンポーン。と部屋のチャイムが鳴った。

──ん？　誰だろう……。あ、もしかしてこの作業がうるさかった……？

下の部屋の人が注意しに来たのかもと思い、急いで玄関に向かった。スコープから向こうを覗《のぞ》くと、そこに立っていたのは下の部屋の住人ではなかった。

「……え？　桃？」

ドアの向こうに立っているのは桃。その顔だけ見れば、天使のように可愛らしい。

この間あんな捨て台詞を吐いて去って行ったくせに、なんで？　と疑問は抱いたものの、スルーすることもできずドアを開けた。

「や。また来たよ」

「いや、また来たよって……。お金なら渡せないって言ったよね？」

「いきなりそれ？　せっかく可愛い妹が来たんだから、部屋に入れてよ」

桃が強引に部屋の中に入ってくる。

今までは年相応の女の子が好みそうな服装をしていたのに、今日の桃はなぜかガラッと変わって全身黒のコーディネート。黒のティアードスカートに、黒のチョーカーをしている彼女の姿は、今まで見たことがない。

——珍しい……趣向が変わったのかな？

疑問を抱きながら桃を眺めている私に構わず、桃は部屋の真ん中にどすっと腰を下ろした。

「あーあ。お腹《なか》空いちゃった。なんかない？」

「あんた……。来ていきなりそれ？　なんかと言われても、夕飯の残りの味噌汁とご飯くらいしかないわよ」

「あ、それでいいそれでいい。お姉ちゃん、おにぎり作ってよ」

「……なんで……」

仕方ないな。

長時間居座られても困るので、仕方なく彼女の言うとおりにする。

お弁当を作るときによく使っているふりかけが残っていたので、それを使っておにぎりを作った。お味噌汁はわかめとジャガイモとお麩《ふ》というシンプルなものだけど、温め直してお椀《わん》に注ぐ。

「ほら。これしかないよ」

「わーい、やったね。いただきます」

いきなりおにぎりにかぶりついた桃が、「うまー」と言って頬《ほお》を緩める。

「それよりなんでまたうちに来たのよ。この前でわかったでしょ？　私、もうあんたにお金をあげたりできないから。どうしてもと言うなら育子さんに言いなよ」

「お姉ちゃんさあ」

桃がもぐもぐとおにぎりを咀嚼《そしゃく》しながら、私に視線を送ってくる。

「本当に私が、あのお母さんになにも不満を抱かないで生きてると思う？」

「へ？」

急に何を言い出すのかと、桃を凝視する。

「中学の時一人でお姉ちゃんのところに行ったのもさあ、私がただお金ほしさでわざわざあんなところまで行ったと思ってる？　だとしたらお姉ちゃんもまだまだよね」

「……え。違うの？　じゃあなんで来たのよ」

お味噌汁を啜《すす》って、それを床に置いてあるトレイに乗せてから、桃が足を崩した。

「そんなのさあ、あの家にいると息が詰まるからに決まってんじゃん。お父さんは仕事仕事で構ってくれないし、お母さんは美容とかファッションとか、名家にふさわしい娘になれとかってなんでもかんでも口出ししてくるし。正直、うざいのよ。休まる時なんか全然なかった」

「え……そうなの？　でも、桃は育子さんと話も合うし、仲もいいじゃない。二人でよく一緒に出かけてたし」

「そりゃ、中学生だからね。お金だってないし、一緒に出かけようと言われたらはいはいって言うこと聞くけどさあ。あの人の趣味ってほんと成金ぽいというか、私の趣味とは合わないのよ。ハイブランドの服を着せて、バッグ持たせりゃいいってわけじゃないのよ」

どうしたのだろう。今日は桃がまともなことを言っている気がする。

こうなると、途端に心配になってくる。一応これでも腹違いの姉なので。

「ちょ……桃？　大丈夫？　あんた、本気で何かあった？　育子さんと喧嘩《けんか》でもしたの？」

「変な人みたいな扱いしないでよ。別に、今に始まったことじゃない。前からずっと思ってたけど口に出さなかっただけ。だって、お母さんに逆らうと面倒じゃん。あの人、なんでも自分の思い通りにならないとヒステリー起こすから」

「それは知ってる」

即答したら、桃が可笑《おか》しそうに「あははは!!」と声をあげて笑った。

「だよねえ、お姉ちゃんがお母さんの一番の被害者だもんね」

「それはいいから、さっさとご飯食べて帰りなさいよ。何度も言うけどお金はないから。どうしてもほしいならお父さんに相談すれば」

「げえっ。お父さんになんか相談するの、絶対嫌。だって私が大学も行かずに遊んでることよく思ってないもの、絶対怒られる」

「大学行ってないのかっ。ちゃんと行きなさいよ。高いお金払ってもらってるのに……もったいない」

本当に突っ込み処《どころ》満載の妹だな、と呆《あき》れかけたとき。急に桃が真顔になった。

「あのさあ……。働くって、大変よね」

「へ。どうしたの、急に」

「実はさ、私、最近バイト始めたんだ」

桃の口から絶対出ないような「バイト」という単語に、驚きすぎて頭が真っ白になった。

「………え。なに……？　桃、バイト始めたの……？」

「そー。この前、お姉ちゃんもバイトしろっつったじゃん。あのときは働きたくない、お母さんみたいな生活がいいって言ったけどさ……。ちょっといろいろあって、やることにしたのよ、バイトというものを」

桃が床に転がっていたクッションを掴《つか》んで、そこに頭を乗せて横になった。

「ちょ……ど、どんなバイト？　まさか、風俗とか水商売とか……」

短時間で高収入を得られる系のバイトだと、そういったものを想像してしまう。でも、私の不安をかき消すように、彼女が鼻で笑う。

「んなわけないでしょ。普通にカフェで接客のバイト。初日は立ちっぱなしで足が死ぬかと思ったわ」

——よかった、普通だった。

ドキドキした気持ちを抑えつつ、どういう経緯でそうなったかが知りたくなる。

「なんで急に？　どんな心境の変化があったのよ」

「簡単に言うと、好きな人ができた。その人の影響よ」

「…………‼」

また叫びそうになるのを必死で堪えた。

「だって……‼　この前、雪岡さんのこと諦めないって言ってたじゃない！　抜け駆けは許さないとまで言ってたのに……」

桃がごろん、とクッションを抱えたまま転がった。

「あのときはそう思ってたわよ。お姉ちゃんだけ幸せになるなんてずるいって思ってたし、イケメンで金持ちならちょっと年上でもいいかって本気で思ってた。お母さんもそうしろってうるさかったしさ。でも、たまたま友達の付き添いで顔出した大学の文化祭で、偶然目にした即興バンドのボーカルやってた人に一目惚《ひとめぼ》れしちゃって」

「えっ」

さっきから私、驚いてばかりだ。でも、まさかこんな展開が待っているとは思わないので、これればかりは仕方がない。

即興バンドのボーカルに惚《ほ》れた。それを聞いて真っ先に思い浮かんだのは。

「あっ。もしかして、その服装はそのせい……？」

服装を指摘されて、桃の頬がほんのり赤らむ。

「まあ、そんなところよ。別に今までの格好だってするわよ。でも、少しでも相手に近づきたいなあって思ってたら、いつの間にかこういう仕上がりになってた。で、服を買ったり、その人のライブに行きたいからバイトも始めたってわけ」

「まさかとは思うけど、もう付き合い始めてる……とか……？」

「まさか。友達になりたい、あわよくば付き合いたいとは言ったわよ。でも、私みたいな世間知らずのお嬢様と自分じゃ釣り合わないって言われてさ……ショックだった。今までは私が好きって言えば相手はすぐデレデレして、好き好き言ってきてくれたから。思い通りにならない男って初めてでさ……」

はあ……と憂いのため息をつく桃の美しいこと。

よくその男性は、こんな桃を前にして冷静でいられるなと尊敬した。

「……じゃあ、もう雪岡さんのことはいいの？」

「うん、もういいわ。今はその雪なんちゃらさんより、全然好きな人いるから」

あっさり言われてしまい、こっちが唖然《あぜん》とする。

——べ……、別人だわ……。好きな人ができただけでここまで変わるとは……恐るべし……

「それよりも、この話はもう育子さんにしたの？」

途端、桃の目が鋭くなった。

「言えるわけないじゃない!! あんなに躍起になって私を、その雪なんちゃらさんとくっつけようとしてるような母親にさあ!! ていうか、もういい加減にしてほしいわ。いくら自分が名家に嫁いだからって娘の人生まで自分の思い通りにしようとするとか。私だって、一応一人の人間よ？

少しぐらい自由にさせてくれたっていいじゃない」

捲《まく》し立てる桃に無言でいると、彼女の視線が私に刺さる。

「お姉ちゃんはいいわよ、大学からほぼ自由だもの。私も家を出たいってお母さんに言ったけど、秒で却下された。ずっとこのまま、母親の監視下で生きなきゃいけないとか、考えただけでゾッとするわ」

「桃……」

ムッとしているけれど、桃の心の痛みが手に取るようにわかる。だって、それって昔の自分だから。

もちろん私は育子に虐げられた方なので立場は違う。でも、常に名家の娘という肩書きがついて回るというのは、私も同じだから。

どうしたらいいんだろう。

ずっと桃の存在も疎ましく思っていた。でも、今の彼女の話を聞くと、姉としてなんとかしてやりたいと思ってしまう。

――嘘をついている可能性もある。でも、今の話を聞いているとどうも嘘とは思えないし。嘘をついたとして、彼女がなにか利益を得るとも思えない。となると。

「桃……どうする？　桃も家を出る？」

桃がクッションから顔を上げた。その顔は訝《いぶか》しげだ。

「そりゃ出れるもんなら出たいけど。そんなこと可能なの？」

「……わからない。私は育子さんに嫌われてるから出られたけど、桃はあれだけ育子さんに大事にされてるから、出るとなったら大変なことになると思う」

「でしょう？」

桃が自嘲するように笑う。

「あの人が私を手放すなんて考えられない。ゆくゆくは私と、その旦那さんに三田家を継がせて、自分は家の金でのうのうと生きる。それがあの人の目的なんだもん。私なんか、あの人からしたら自分の駒みたいなものでさ。私の意思とか、そういうのはあの人には関係ないし、どうでもいいのよ」

てっきり、桃と育子の親子関係は良好なんだと思っていた。

それなのに、桃がこんなに不満を口にするなんて。

──なんだかんだいって、桃も私と似ているのかも。

私は自分の母が早くに亡くなっているから、母という存在が羨ましかった。でも、桃は家から自由になった私が羨ましかった。お互いさまだ。

「桃。いちかばちか、お父さんに相談してみたら？」

「ええ!?　あの仕事の虫に!?　お父さん、お母さんがフレンチシェフを雇ってしばらくしてからあんまり帰ってこなくなったのよ。なんか、毎回フレンチじゃ胃がもたれるからって……」

「電話すればいい。今、お父さんちゃんと携帯電話持ってるし。私も、つい先日話をしてきたところなのよ。雪岡さんとの婚約の件を、元通りにしてくれってお願いに……」

「そうなの⁉　それで、お父さんはなんて？」

「好きにしていいって。それと、勝手に桃に婚約者を変更した育子さんにキレてた」

桃の大きな目が、更に大きく見開かれた。

「お父さんキレたの？　本気で？」

「うん。……なんか、育子さん最近お金使い荒いんだって？　何に使ってるかわかんないけど……かなりの額を使ってる形跡があるから、怪しんでる」

桃が口をあんぐり開けたまま、斜め上を見る。

「お金……？　なんだろうな、服飾品にかける額はそんなに変わってないと思うけど……。あ、念の為《ため》言っておくけど、あの人私にはお金くれないよ？　自分が服を買うときについでで買ってくれたりはするけど、私が使ってるハイブランドの服やバッグはほとんどお母さんのお下がりだし。家にも、特別ここ最近で増えた高級そうなものとか……ないな」

「……そう。何に使ってるんだろうね？　でも、お父さんは育子さんを怪しんでる。それと、お父さんが以前、私に作ってくれた銀行の通帳を育子さんが私に渡してくれなかったことがわかって。お父さん、ずっと送金してくれてたんだって。でも私、そのこと知らなくて……。それでお父さん、ものすごくショック受けてた」

「え。なにそれ。普通に酷《ひど》くない。お姉ちゃんのためにお父さんが振り込んでたお金を、お母さんが勝手にネコババしてたってことでしょ」

言い方。お嬢様の言い方じゃない。桃っていつからこんな感じになったんだろう。

「お金は……まあ、あんたに定期的に取られてはいたけど、私も頑張って節約したから生活はできてたし。そこはいいんだけど、お父さんの気持ちを考えるとね……なんか、やりきれないというか」

「そんなわかりにくい表現しなくてもいいよ。普通にお母さんのことムカつくんでしょ。……私、昔はわかんなかったけど、今ならわかるよ。あの人のところにいたら、私、人としてだめな気がするから」

桃が体を起こし、残っていたお味噌汁を一気飲みして、お椀をトレイに置いた。

「ごちそうさまー！　なんか、お姉ちゃんが作ったおにぎりと味噌汁、超美味《おい》しかった。うちで食べるフレンチにも負けてないよ」

「またまた。そんなお世辞言われても……」

桃がスッと立ち上がった。

「さてと。お姉ちゃんと話してだいたい覚悟決まったから、帰るわ。でないとお母さんが仁王様みたいに玄関で待ってるかもしれないしね」

「……あんた、専属の運転手さんがいるんじゃないの？　今日はどうやってここに……」

「ああ、ここんとこ友達のところに泊まってるの。今夜は帰るけどね。……お姉ちゃんと深い話できてよかったわ。私もお姉ちゃんを見習って、少し自分の将来について考えてみるよ」

桃が玄関に向かおうとするので、なんとなく私も彼女を追って玄関に向かう。

「桃。大丈夫？」

くるっと体を反転し、こちらを向いた桃が、にこっと微笑む。

「なんとかなるっしょ。さすがにお母さんだって実の娘が不幸になるようなことしないと思うし。それにほら、私、好きな人いるから。好きな人の存在ってすごく大きいからさ、彼が傍にいればなんでもできるような気がしちゃうんだよね！　お姉ちゃんだってそうじゃない？」

「うん。そうね。それはわかる。私も雪岡さんのお陰ですごく前向きになれたからさ。桃も頑張りなよ。応援してる」

多分、初めて彼女にこんな言葉をかけたと思う。

それを桃もわかっているのか、少し照れたように私から視線を逸《そ》らした。

「……私さあ、お姉ちゃんのこと嫌いじゃないよ。お姉ちゃんって、なんだかんだいって私がいきなり押しかけても、冷たく追い払ったりしなかったじゃない？」

「ん？　うん、そう……だったかな？」

あまりよく覚えていないけど。確かにすぐ追い返したりはしていないような気がする。

「お姉ちゃんが家を出てしばらくは、自分ばっかり自由になってずるいとか、会社の人達と楽しそうにしてるのを見て腹が立ったよ。だから私も、結構当たったりしちゃったんだけどさ……なんだかんだで私、家族で頼れるのお姉ちゃんしかいないから」

なんとなく、彼女が何を言いたいかが伝わってくる。

そりゃ私にとっても桃は半分血が繋《つな》がった妹。何度か嫌いになりかけたことはあるけれど、どうやっても縁を切りたいほど嫌いにはなれなかった。

「わかってるよ。私も同じだから」

「じゃ、ね」

桃がちらっとこちらに視線を寄越してから、手を挙げて部屋を出て行った。

彼女がいなくなって真っ先に、桃も大人になったな、と思った。

——よく考えたら桃ももう成人だし。いつまでも育子の言いなりで満足しているはずもなかったんだよね……。

一人でいきなり私のところにやってきては、「お金ちょうだい」と小遣いをせびる。

そんな桃を思い出して、私は親じゃないのにしみじみしてしまった。

好きになったのが、桃の美女っぷりが全く通じない常識のある男性なら、彼女の未来は明るいかも？

そう思ったら、自然と桃を応援したくなった。

父は育子と別れたがっていて、桃は母の束縛から逃れたがっている。

この状況に育子は気付いているのだろうか。その二人と私が最近接触したことは知っているのだろうか。もし知ったら、彼女は何を思うのか。

――多分、バレたら機嫌悪いだろうなあ……

機嫌が悪いだけで済めばいい。最悪の場合、もっと状況が悪くなる可能性だってある。そうなったら私はどうしたらいいんだろう。私だけ部外者面して、雪岡さんと一緒になっていいんだろうか。

このところそんなことばかり考えてしまう。

「藍、どうした？」

食事の最中。雪岡さんに声をかけられて、ハッと我に返った。

ここは彼が連れてきてくれたイタリアンレストラン。今日は平日だけど、彼の仕事がたまたま片付いて時間ができたということで、夕食に誘ってくれたのだ。

繁華街から離れ、閑静な住宅街の中にあるこの店は、レンガ造りの壁が印象的な一軒家だ。木製のドアを開けると、穏やかそうな中年の女性が窓側の席に案内してくれた。

よくこんなお店をご存じで、と雪岡さんに問うと、同僚の女性が教えてくれたのだという。同僚の女性……に若干引っかかったけれど、そこに関しては何も聞かなかった。

――いちいち気にしてたら雪岡さんだって困るしね。やめとこ。

私がサーモンのクリームソースパスタ、彼は海鮮をたっぷり使ったペスカトーレを選んだ。ついでに前菜の盛り合わせも注文したので、のんびり前菜を食べながらメインを待つことにした。キッシュや新鮮野菜のサラダなどを食べながら、雪岡さんと今日あった出来事などをポツポツ話す。

話している最中、彼がくるくると表情を変える。それを見ているだけで、幸せを感じる。でも、今この最中も、三田家はどうしているだろう。そのことが頭をよぎってしまい、ほんの数秒上の空になっていた。そこを彼は見逃さなかった。

「あ……ううん、なんでもない……とはいえないか。育子のこと考えてた」

「ああ……。まあ、このところいろいろあったもんな。父上と和解して、桃さんとも腹を割って話せたっていうし。元凶の育子さん？　がどういう行動に出るか、俺も気になってはいる。使い込んだっていう大金は一体何に使ったんだろうな」

この前の父との会話の内容は、雪岡さんにざっくり話した。

父も育子に不信感を抱いているという内容には、彼も大いに満足しているようだった。それに引き続き桃も、育子に支配される人生から逃れたがっている……と話すと、そりゃそうだろ、とあっさり肯定された。

「誰だって嫌だろ、そんな人生」

吐き捨てるように言い放った雪岡さんが印象的だった。

この人も資産家の生まれで、お父様が大企業の重役だったりするし。もしかしたら、同じような経験があるのかもしれない。……などと思ったりした。

気を取り直し、雪岡さんと向かい合った。

「さあ……。思い当たることはいろいろあるんですけど。とにかく昔からお金使いが荒い人でしたから……。父に内緒で高級な貴金属とか、車とか？　を買ったんじゃないかって思ってますけど」

「そんなもん？　三田家の秘書が驚くくらいの金額だから、もっと桁が違うんじゃないかって思ってたけど」

「桁……。不動産が買えちゃうような額ってことですか？」

「そう」

サラダをつついていたフォークを一旦置き、ミネラルウォーターの入ったグラスに口をつけた。

「それは私も考えたんですけど……自分名義の土地やマンションを購入なら、さすがに父に話すんじゃないかなって思ったんですよね。資産を増やすのは別に悪いことじゃないし、父も投資目的でいくつかマンションや土地を保有してますし……」

「自分名義じゃなかったら？」

雪岡さんが、フォークを手にしたままチラリとこちらに鋭い視線を送ってくる。

「育子名義じゃない……？　それは、育子の兄弟とか、親とか……？」

「うーん……その辺までならギリギリ話しても怒られはしないんじゃない？　そうではなく、親類縁者からは遠く離れた全く関係ないような人に買ってあげた、とかさ」

「買って、あげる……」

「そう。そうなるとさすがに君の父上には言えないでしょう」

育子が誰かに何かを買ってあげるとか、全然想像がつかない。

「だって、父が私に送金してくれていたお金を使い込むような人ですよ。自分と桃以外の誰かに何かを買ってあげるとは思えない……」

「昔はそうかもしれないけど、状況が変わった可能性だってあるだろ」

状況が変わる、ねえ……

「確かに、いつ見ても若々しいから美容にはお金をかけていると思うんですけど……」

もしかして整形でもしてるのかな。

世の中には整形にものすごい大金をつぎ込む人がいるっていうし、あながち的外れでもないかも。でも、どこを変えたかが全然わからないんだよね。

「でも、その辺りはもう父上に任せていいんじゃないかな。三田家の当主が味方についてるんだ、何よりも心強いと思うよ」

スタッフの女性がやってきて、私と彼の前に熱々のパスタが置かれた。まだ湯気が上がるパス夕の香りがフワッと鼻を掠《かす》めて、いっそう食欲をそそった。

「確かにそうですね……。困った時連絡してこいって言われたとき、すごく気持ちが楽になりましたもん」

「だろ？　本当によかったよ。これで藍の気持ちが休まると思うと、俺も嬉しい」

互いにいただきます、と声をかけてから雪岡さんがフォークを手に取った。手際よくくるくるとパスタをフォークに巻き付けて口に運ぶ彼を眺めてから、自分のフォークを手にした。

「でも、私はやっぱり、一番は雪岡さんに感謝してます。雪岡さんがいてくれてよかったです」

なんとなく口にした一言だったけれど、数秒経《た》ってもまだ雪岡さんからはなんの返事もない。

え。スルー？　それとも聞こえなかった？　と思って顔を上げると、少し恥ずかしそうに照れて目を伏せる彼がいて、え。と思った。

「雪岡さん？　もしかして、照れてます……？」

「……そりゃ、まあ……。さらっとあんなこと言われたら、普通照れるよね」

パスタを巻きながらこんなことを言う。しかも、巻いているパスタがさっきみたいに上手く巻けず、何度かやり直しているのを目の当たりにして、笑いがこみ上げてくる。

「雪岡さん……。全然巻けてない……」

「だって!!　藍が急に照れるようなこと言うから!!　手が全然言うこときかない」

あははは!!　と笑いながら、楽しいディナータイムは過ぎていった。

雪岡さんのすすめでデザートのプリンまで食べてしまい、もう胃袋に入る隙間がないくらい満腹になった。

「ここ最近にないくらいたくさん食べました……。今、お腹押さないでくださいね、食べ物が口から出るかもしれないんで」

「これくらいでそんな。そもそも、藍は細すぎだから。もうちょっと体重あってもいいくらいだよ」

「……雪岡さん、私の体重知らないですよね？」

教えたことはないのに、なぜ？　という視線を送ったら、不思議そうな顔をされた。

「え。だって、実際に体を見ればそんなのわかるでしょ」

車に乗り込む前にさらっとそんなことを言われてしまい、助手席に滑り込んだ私は恥ずかしさで無言にならざるをえなかった。

「あれ。もしかして照れてる？」

運転席に乗り込んで車のエンジンをかけながら、彼が私の顔を覗《のぞ》き込《こ》んでくる。

「てっ……照れ……てなんか、いません……。ただお腹がいっぱいなだけです……」

体の関係がある以上、体を見られるのは当たり前のことだし、今更照れるのもどうなのと思ったので、ここは誤魔化した。

ふふっ、と楽しそうに笑いながら、雪岡さんが駐車場から車を出す。彼の運転する高級車は、静かに住宅街を駆け抜け、私が住むアパートがある街へと向かう。

「あと荷物ってどれくらい？　一、二回の往復で足りそう？」

「そうですね、多分。あと、家電があるのであれをどうやって運ぼうか……」

せっかく高いお金を出して購入した洗濯乾燥機。あれをもう手放す気にはなれなくて、彼と相談した結果、彼の部屋にある洗濯機を手放すことにした。

「家電はこの車じゃ無理だから、業者に頼もう。一往復すれば全部運べるだろうし、そんなに大した金額にはならないよ。近いしね」

とても順調に、彼の部屋への引っ越しが進んでいる。順調すぎて怖いくらい。

それでも、これまで自分が経験してきた苦労や寂しさを思えば、これくらい幸福なことがあっても許されるのではないか。そう自分に言い聞かせた。

このまま私をアパートに送り届けてから、彼はマンションに戻る。彼には一緒にマンションに行かない？　と誘われたけれど、アパートの方が職場に近いし、何よりあのアパートはここ二年私と苦楽を共にした場所だ。狭いながらも愛着あるあの部屋との別れが近づいている今、残り僅かな日々を楽しみたいのである。

「荷物、だいぶ運び出してるだろうし、今あそこで生活するのは不便なんじゃないか？」

「そうでもないですよ。一番必要なものはまだ置いてありますし。それに、週末は雪岡さんの部屋にいるから今じゃほぼ寝に帰るだけの部屋みたいなもので……」

「そうか」

じき、この人と一緒に暮らす。

それを思うとドキドキするけれど、残り少ない独身の時間を楽しみたいと思うのは、悪いことではないはず。

いつものようにアパートの近くで降ろしてもらい、彼にお礼を言う。

「ご馳走様でした。パスタ、美味しかったです」

「どういたしまして。また美味しい店、探しておくよ」

楽しみにしていると伝えると彼は微笑み、軽く手を挙げて爽やかに走り去っていった。

——さて、帰ろ。

幸福と満腹でフワフワしながらアパートに戻った。部屋の明かりを点《つ》けると、途端に眼前に広がる段ボールの存在が、私を現実に引き戻した。

「ふう……。片付けるか……」

引っ越しをするたびに荷物は減らしてきた。それでも時間の経過と共に物は増えて、押し入れの中には物がたくさんだ。

無駄な物は買わないようにしているのだが、職場の人にもらったり、友達がくれた便利グッズなんかもある。使えそうなものはありがたく取っておくとして、この先使うことがなさそうな物は心を鬼にしてこの機に捨てなければ。

捨てるかどうかを一個一個確認していると、不意に部屋のチャイムが鳴った。

「ん？　誰……」

立ち上がろうとすると、またチャイムを鳴らされる。というか連打される。ピンポンピンポン、とけたたましく鳴り続けるチャイムに、相手が誰なのかすぐ顔が浮かんできた。

――育子しかいないでしょ!!

急いで玄関に行き、スコープで相手を確認すると、案の定育子だった。その顔には怒りが滲んでいて、これは只事《ただごと》ではないと察知した。

「ちょっと……!!　何してるんですか、止めてください!!」

勢いよくドアを開けると、今またチャイムを押そうとしている育子がいた。

「あんたが早く出ないからでしょ。……入るわよ」

「えっ」

――酒臭い！

今まで私のところに来ても、絶対この部屋には足を踏み入れなかった。そんな育子が、私を押しのけて部屋の中へ進んでいく。しかも靴のまま。

「ちょっと、靴脱いでください!!」

「うるさいわね、黙ってなさいよ」

普段とはどこか違う育子の剣幕《けんまく》に息を呑む。すると突然、部屋の真ん中まで来た育子がこちらを振り返った。その顔は怒りに満ちている。

「あんた、雅司さんに会ったのね」

「……はい、会いました」

育子がフン、と鼻を鳴らす。

「まあ、親子だから別に会うなとは言わないわ。でも、今まで雅司さんに会いたがらなかったあんたがなんで急に？　もしかして雪岡の息子のせい？」

「そう、です……」

「ふーん。あの男、思ってたよりだいぶ面倒な男だったのね。もっと普通の男かと思ってたけど、あんたに執着している時点でやばい男だって気付くべきだったわ」

育子が部屋の中を見回す。心なしか、足取りがふらふらしている気がする。こんなに酔っ払った育子を見たのは、初めてかもしれない。

「……なに、あんた。引っ越すの？」

育子の声に驚きが混じる。

引っ越し作業中の段ボールを見て、そう思ったのだろう。

「はい。……雪岡さんのところに行きます」

きっぱり答えた。その瞬間、育子の顔がわかりやすく引きつった。

「へえ……。雪岡の息子と結婚して、あんたは三田を出て一人で幸せになろうってわけ？」

「……はい。ゆくゆくは三田の戸籍から抜けて、雪岡さんの籍に入るつもりです。……これで満足ですよね？　育子さんは、ずっと私を三田から追い出したかったんですものね？　願いが叶《かな》って嬉しいんじゃないで……」

言い終える前に、育子が肩から提げていたチェーンバッグを反対側の手で掴み、私の顔めがけて投げてきた。おそらく、本気で。

「いっ……‼」

咄嗟《とっさ》に避けはしたものの、チェーンが頬に当たって痛みが走った。

床に叩《たた》きつけられたバッグがけたたましい音を立てた。痛みのある頬を咄嗟に手で押さえたけれど、それに驚いている暇はない。育子の顔には、本気で私が憎いと書いてある。

「こんな事態になるのを私が望んでいたですって？　バカは休み休み言いなさいっ‼　私が望んだのは、あんたが三田の足下にも及ばないような、しょーもない男の元に嫁ぐ事よ‼　……しかも、それよりも腹立たしいことがあるわ、桃のことよ‼」

「桃……がどうかしたんですか」

「白々しい‼　あんたが桃をけしかけたんでしょうが‼　でなければ桃が家を出て行くことなんかなかったはずよ‼」

「え」

――桃が……家を出た？

育子が私をキツく睨《にら》みつけている。これを見ると、どうやら嘘ではないようだ。

「確かに桃は私のところに来ました。でも、そのときは家を出るなんて一言も言ってなかったんですが」

「直接家を出ろとは言わずとも、あんた、雪岡の息子と一緒になるとかなんとか言ったんでしょう!? それに影響されて、あの子まで好きな男と一緒に住むと言って出て行ったわ!! もう三田のことなんか知らない、母親である私の言いなりになるのもまっぴらだとね」

一気に捲し立てた育子が、肩で息をしながらこっちを睨んでくる。

「桃が……? 嘘、すごい……」

元々行動力はある子だったけれど、まさかこんなに早く家を出るなんて思わなかった。

つい感心してしまったけれど、目の前の育子を見て我に返った。

手は怒りに震え、顔にはさっきよりも赤みが差している。その様子に恐怖で足がすくんだ。

「……最悪雪岡との婚約が破談になっても、桃が別の御曹司と結婚すればこの先安泰だったのに……私の計画が全て水の泡……こんなことになったのは全部あんたのせいよ!!」

育子が私との間を詰めてくる。

「そもそも、あんたって初めて会ったときから嫌な子だったわ。こっちが機嫌を取ろうと下手に出てるのに全然懐きゃしないし、笑いもしない。こっちは産んでもいないあんたの母親になってやるって言ってんのにさ!! ほんと、あの頃からあんたが嫌いだったわ」

「……っ」

怒りで体が震える。それを、歯を食いしばって耐えた。

言い返したいことは山ほどある。

私が笑わなかったのは実母が亡くなったショックが癒えていなかっただけ。最初からこの人が嫌いだったわけじゃない。悲しみが癒えて、新しい家族と頑張っていこうと思えた頃には、この人はもう桃を孕《はら》んでいて、私に対する風当たりはきつくなっていた。

私だってあなたのせいで辛い思いをたくさんした。早く家を出たのだってほぼあなたのせいだと。

でも、今それを言ったらこの人が何をするかわからない。下手したら私、殺されるかもしれない。

そう思えるほどに、今の育子からは殺気が漲《みなぎ》っていた。

「ったく……。大人しくこのボロアパートに住んでりゃいいものを……」

突然育子が部屋の中を見回し始めた。彼女が目を留めたのは、引っ越すための荷物が詰め込まれた段ボールだ。

「……ひとりだけ幸せになるなんて……許せない……」

悔しそうにこう呟《つぶや》いた育子が、突然段ボールに近づき、あろうことか靴で蹴飛ばし始めた。

「!!　やめて!!」

慌てて背後から羽交い締めにしようとした。でも、すぐに育子が力一杯突き飛ばしてきて、床に尻餅をついてしまった。

「いた……」

痛みに顔を歪めている間も、育子は段ボールを蹴飛ばし、中に入っていたものが箱から落ちると、それを靴でおもいきり蹴飛ばしていた。

「いや!!　やめてってば!!」

文庫本を真っ二つに引き裂き、床に叩きつける。それだけでは飽き足らず、今度は掴んだ服を床に叩きつけ、ハイヒールでぐりぐりと踏みつけた。

「やめて……」

目の前で起きていることが理解できない。これは夢なんじゃないか、そう思いたいけれど、ジンジンと痛む頬がこれは現実だと私に訴えてくる。

片付いていたはずの部屋が、あっという間に物が散乱し、足の踏み場もない空間に一変してしまった。

どうしよう、どうしよう、と焦るだけで体が動かない。しかし、育子があるぬいぐるみを手に取った瞬間、思わず前傾姿勢になるほど体が反応した。

それは、白いクマのぬいぐるみ。

「なにこれ。きったないぬいぐるみねえ。ま、あんたにはお似合いだけど」

「それに触らないで!!」

叫び声に近い私の声に、育子がちらっとこちらを見た。

「……ってことは、これってなにか大事なもの、なのね？　ふーん」

こう言ってニヤリと笑った育子が、ぬいぐるみの手を引きちぎった。

「!!」

手と足を全て引きちぎり、満足そうに微笑みながら育子が私に向かって取れたパーツとクマの本体を投げつけてきた。

「大事なクマさんだったのにねえ～？　ご愁傷様」

そう言ってあはは!!　と高らかに笑うと、再び段ボールの中身を床にぶちまけ、踏みつけたり、破いたりを繰り返した。

何も言っても彼女には響かない。もう、なすすべがない。

「……ひどい……」

これまで育子に何をされようとも、泣いたことはなかった。でも、私物や大事な物を壊され、破かれているのを見て、自然と涙が溢《あふ》れてきた。

なんでこんな目に遭わなければいけないのか。私はただ、ごくごく普通の幸せがほしいだけなのに。

涙で育子の姿が滲む。しかしこのとき、いきなり玄関ドアが開く音がして、ビクッと肩が跳ねた。

「何やってんだ、やめろ!!」

声を上げながら部屋に飛び込んできたのは、さっき別れたはずの雪岡さんだった。

「え……雪岡さん？」

彼は私の問いかけに応えることなく、真っ先に暴れる育子の両腕を掴んでいた。

「なによっ!!　離しなさいよっ!!」

「この部屋の惨状を見る限りそういうわけにはいかない。なんなら話は署で聞こうか？」

署で、と言われた瞬間、育子が目を丸くする。腕を掴んでいるのが誰なのか察知したようだ。

「あんた……！　雪岡の息子……」

「おわかりなら話が早い。この辺りを管轄している署までご同行願いましょうか」

「いっ……、嫌よ!!　なんで私が行かなきゃいけないの!!」

「この部屋の惨状を見ればわかるでしょう。立派に器物破損罪の現行犯ですよ。さ、行きましょう」

育子の体を反転させて、雪岡さんが部屋の外へ向かおうとする。

驚きのあまりポカンとしてしまったけれど、我に返った私は慌てて雪岡さんを手で制止した。

「まっ、待ってください!!　この人一応身内なので逮捕はまずいです!!」

これに雪岡さんが不満そうな顔をする。

「ここまでやられて!?　藍はどんだけ優しいんだ。いいんだよ、やったヤツにはそれなりの制裁が必要なんだ、こんなやつ……！」

「でもっ！　一応桃の母親ですし、父の妻でもありますし……。こ、今回だけでいいです。今回だけ見逃してはくれませんか、お願いします！」

私だって本当はこのままこの人が捕まればいいと思っている。

でも、この件でせっかく家を出た桃の肩身が狭くなったり、父が周囲から責められるようなことは避けたかった。

雪岡さんはしばらく不満そうな顔をしていた。でも、すぐため息をつきながら掴んでいた育子の手を離してくれた。

「見逃すのは今回だけだ。次にやったら容赦なく警察に突き出す」

育子が怯《おび》えたように雪岡さんを一瞥《いちべつ》し、さっき私に投げつけたバッグを素早く拾い上げた。

「……っ、二度と私の前に現れないでね、このクソ娘っ……!!」

私の耳元でわざわざ捨て台詞を吐いてから、育子が部屋を出て行った。カツカツとヒールの音がだんだん遠くなっていくと、ようやく気が緩んだ。

「藍、大丈夫か」

駆け寄ってきた雪岡さんが私を抱きしめた。体を包み込む優しい温《ぬく》もりが、途端に私の涙腺をゆるめにかかる。

「ゆ……きおかさん……」

「もう大丈夫だよ。怖かったな……」

頭と背中を優しく撫《な》でられているうちに、初めて彼の腕の中で泣いてしまった。

「ふっ……っ、……っ、……う……」

恥ずかしさもあったけれど、箍《たが》が外れると涙が止めどなく溢れてきて、自分では制御できなかった。

私が泣いている間、彼は何も言葉を発しなかった。ただ黙って、私の背中をずっと撫でてくれていた。

多分、三分くらいはこうしていたかもしれない。

泣くだけ泣いてスッキリした私が顔を上げると、雪岡さんが優しく微笑んでくれた。

「大丈夫？」

「はい……。ごめんなさい、泣いちゃって……」

冷静になると泣いたことが恥ずかしかった。目の周りを手で拭って彼から距離を取る。

「いや、全然。むしろ藍が泣いたのを見て安心した。きっといつも辛いことがあっても一人で我慢してきたんだろ？　たまにはこうやって発散するのって大事だから――」

「……ありがとう、ございます……」

とはいえ泣きすぎて目の周りが熱い。これは冷やさないと明日が大変な事になりそうだ。

急いで冷蔵庫から保冷剤を取り出し、ハンカチを巻いて目の周りに当てた。その間、雪岡さんは散々なことになっている部屋の片付けを始めていた。

「しかし……とんでもないな。どうしてここまでするんだ。服はぐちゃぐちゃだし、本は真っ二つ。ぬいぐるみも……」

彼の傍に行き、床に落ちたぬいぐるみを拾い上げた。手と足がもがれ、ボロボロだ。長い間私の傍にいてくれたぬいぐるみ。悲惨な格好になってしまった。

「ひどいな……。大事にしてたんだろ？」

「……これは、亡くなった実の母が誕生日に買ってくれたものなんです。さすがにこの歳になってまでぬいぐるみなんて、とは思うんですけど、やっぱり母にもらったものはなかなか手放せなくて」

ボロボロになったぬいぐるみを見つめたまま黙っていると、隣からひしひしと怒りのオーラみたいなものが伝わってくる。見れば、表情が消えて無になっている雪岡さんがいた。

「あの女、許さん」

「えっ。……いやあの、大丈夫だから。幸い、手足がもがれただけなんで、縫い合わせればなんとか……」

「こんな、わざわざ手足を全部引きちぎるとか。大事な物だってわかった上でやったに違いない。……くそっ、あの女、やっぱりさっき器物破損罪で所轄に突き出せばよかった」

「落ち着いてくださいってば……」

雪岡さんによると、器物破損罪は親告罪のため、私が告訴しなければ育子を追訴することはできないのだそうだ。

それを何度か言われたけど、やっぱり身内から犯罪者を出すのは気が引ける。無理なものは無理だった。

育子のしでかした部屋の片付けを雪岡さんと一緒に終えた。破かれた本や服は残念ながら元には戻せないので、そのまま廃棄することにした。

――十年くらい大事に着てた服も混じってたなあ……。くっそ……育子め……

今になって育子への怒りが湧いてくる。

「あ。それよりも雪岡さん、なんでここに？」

育子のことで頭がいっぱいになっていて、彼がなぜ私のところに戻ってきたのかを聞きそびれていた。

無事だった紙袋に荷物を詰め込んで玄関前に運んでいた雪岡さんが、こちらを振り返った。

「藍と別れたあと、育子さんの車とすれ違ったんだ。それで」

「……それだけ？　それだけで戻ってきたの？」

「こんな時間にあの車がこの辺りにいる理由なんか一つしかない。絶対に藍のところに行くんだと思った。それだけなら戻ってくることはなかったかもしれないけれど、なぜか今夜は嫌な予感がしたから、急いでUターンして近くのパーキングに車を停《と》めて走ってきたってわけ。もっと早く来たかったんだけど、なかなかパーキングが空いてなくて」

なんでそんな勘が働くのか。偶然かもしれないけど、驚きですぐに言葉が出てこなかった。

「す……すごいですね。警察にいるからなんでしょうか……。あ、でも育子、お酒臭かったです。

だから運転はしてないと思うんだけど……」

「車には運転手らしき男がいたよ。警察にいるからとかそういうのはまったく関係なくて、本当にただの勘。様子を見てなにもなければ黙って戻ろうかと思ったんだけど、車は路駐なのに本人がいないから絶対藍のところだって思った。部屋の前で話している気配もないし。前に、藍が育子は部屋に上がらない、って言ってたのを思い出して、これは何かあると思ってさ。急いで来てよかったよ。久しぶりにめちゃめちゃ焦った」

「本当にすみません……」

「いいから」

自然と頭が垂れる私の頭に、彼の手がそっと乗せられる。

「こういうときは遠慮なく頼ってくれ。……頼ってほしいんだよ、俺は」

「……はい……」

昔から育子に冷たくされたあとは、悲しくていつも布団をかぶって寝た。でも、今夜は一人じゃない。彼がいる。

心の底から、この人が近くにいてくれてよかったと思った。

「今夜は俺の部屋に帰ろう」

とりあえず彼の部屋に避難するため、必要な物をまとめてバッグに詰め、雪岡さんと一緒にこの部屋をあとにしたのだった。

＊＊＊

それは俺が十五歳、藍が十三歳のときだ。

学生時代から付き合いのあるうちの父と、名家三田家の当主である三田雅司氏と俺とで、渓流釣りに出かけたときのこと。

新緑眩《まぶ》しい山の中にある川で、ヤマメやニジマス、イワナを釣った帰りに三田家に立ち寄った。

話には聞いていたが、三田家は敷地も広く邸宅も想像以上の大きさ。我が家も地元では資産家などと言われていたが、三田家とは格が違う。自宅は我が家の倍以上の大きさだった。

これが名家、三田家か。

驚きつつ、雅司氏と談笑する父を横目で見ながら、俺が三田家の玄関先で魚を分けているときだった。

家の中からやってきた雅司氏の奥さんが、魚を見て「いやっ!!」と声を上げた。

「気持ち悪……っ、私、魚って切り身とかじゃないと無理……」

同じく奥からやってきた小さい娘も、クーラーボックスに入った魚を見て、「やだあああ、こわい!!」と言って泣き出した。

——そんなに気持ち悪いものかね？　ただの魚だけどな……スーパーにだって並んでるだろ？

こう思ってすぐ、この家の人はスーパーなんか行かないか、と心の中で苦笑した。

釣った魚を数えながら、クーラーボックスに入れていたそのとき。また違う人の気配が近づいてきた。

「ごめんなさい」

え、と顔を上げると、そこは申し訳なさそうな顔をした中学生くらいの女の子が立っていた。

「さっき、母と妹が失礼なことを言ってすみませんでした。せっかく分けてくださってるのに……」

母と妹、という単語からこの子が雅司氏の長女だとわかる。彼女は、中腰になりながら俺に頭を下げてきた。

「え？　いえ、大丈夫です。全く気にしてないので。普段生魚を見る機会がないなら、仕方ないですよ」

「いえ……。でも、食べてますからね」

「はは、まあそうか」

この家にも謝ることができる人がいるんだ、と思いつつ視線を魚に戻す。しかし、その長女がこの場を離れる気配がない。

「へえ……川魚かあ。これはなんていう魚ですか？　きらきらしてる」

彼女がクーラーボックスに入っているニジマスを指差した。

「これはニジマス。塩焼きにすると美味《うま》いよ」

「これは誰が釣ったんですか？」

「ええ……誰だっけな。三人で釣りまくったからな……あ、でもこの一回り大きいのは俺です」

小ぶりな魚の中に混じっていた一回り大きめのニジマスを指差すと、その女の子がにこりと微笑んでくれた。

「すごい。お上手なんですね」

「えっ……。でも、釣った数は君のお父さんの方が多いから……」

恥ずかしながら、十五年生きてきて女の子の笑顔にドキッとしたのは、これが初めてだった。

外見は可愛いというより綺麗《きれい》な顔立ち。でも、ドキッとしたのはその顔立ちのせいだけではない。周囲にあまりいない丁寧な話し方と、家族の失言を代わりに謝るという、十三歳とは思えないほどの如才なさ。

やっぱ名家の娘さんは違うなあ、長女だからしっかりしてんのかな？　などと思いながら魚の数を数え終わると、すぐに父に呼ばれてしまい、彼女とはそれきりになってしまった。

三田家からの帰り道、父が知っている範囲で彼女のことを教えてくれた。

『長女は先妻さんの娘さんなんだ。あの子がまだ小学生のときに亡くなってな』

実母が亡くなっている。その話を聞いて、急に彼女に対して親近感が湧いた。というのも、自分の母も二年前に亡くなっているからだ。

亡くなる数年前から闘病していた母は日に日に弱り、細くなり、病室のベッドで寝たきりの日々が増えた。もちろん元気になることを願っていたし、そうなってほしかった。でも願いもむなしく、母は帰らぬ人となった。

そんな状況でも、自分には互いに励まし、協力しあえる兄弟がいた。父も率先して家事に協力してくれたし、近所に住む従兄《いとこ》や伯父、伯母も助けてくれた。

しかし彼女には当時兄姉もおらず、母方の縁者とは縁を切られ、彼女の傍には父と家政婦の女性しかいなかったそうだ。

しかも母親が亡くなって半年も経たぬうちに雅司氏は再婚してしまった。そのとき、彼女はどんな気持ちでいたのだろう。

勝手に彼女の気持ちを考えて、三田藍という女の子に興味が湧いた。

それから数年が経過し、突然父から三田藍さんと婚約しないか、と持ちかけられた。

彼女に会ったのは一度きり。なのに、なぜそういう流れに？　と父に尋ねると、婚約者とはいえ、名ばかりだ。と笑われた。

『まだあの子も若いのに、三田の娘だからと見合いの話が来るんだそうだ。もちろん今すぐに結婚というわけではないが、年頃の息子がいる家はこれを機に三田と繋がろうと躍起になってるんだろうな。そこで、お前を婚約者にしておけばそういう奴《やつ》らを追い払える。うちも、お前に見合いをと話を持ってこられても、婚約者がいると断ることができる。しかも相手は三田だ。ぐうの音も出まい』

えっ、俺、見合い話来てるの？　……と聞き返したけれど、ちょっとだけな、とだけ言って父はそれ以上教えてくれなかった。もしかしたら実際は見合い話など来ていないのかもしれないが……まあ、その件は置いといて。

断る理由もないし、藍さんだったらいいかと、婚約を承諾した。

それから大学に入り、国家公務員総合職試験に合格した。一年間の警察大学校での研修を終え、地方に転勤し警察署での勤務を経て、再び警察大学校にて研修。それを終え警部に昇進し警察庁勤務、そこからまた地方勤務を経て本庁である警察庁に戻ってきた。

——長かった……。いい加減長かった……

そうこうしている間に年齢は三十。警視にも昇進したし、これなら三田家の当主に自信を持って藍さんをくださいと言える……はず。

三田家から婚約を破棄する連絡はない。つまり、今でもあの約束は有効ということ。

それを信じて、改めて父にそのことを相談すると、歯切れの悪い返事が返ってきた。

『ああ……。その話はあれから三田とはしていない。でも、今の三田家は……どうだろう。昔とは少し状況が違うようなんだ』

『状況が……違う？』

『長女の藍さん？　は、あの家にはいないようなんだ。どうも後妻さんとあまり仲がよくないらしくて、大学から家を出て戻っていないらしい。かといって結婚したわけでもないし、その辺りがまったく……。三田にそれとなく聞いても、元気だとしか言わないし』

この話を聞いて、後頭部をガツン、と鈍器で殴られたようだった。

自分がいない数年の間に、一体何があったのか。あの家に藍さんがいないってどういうことだ。いてもたってもいられず、父に連絡先を聞いて自分で藍の父上や三田家に電話をした。でも、電話に出るのは秘書や使用人で、一向に三田家の人間には繋いでもらえなかった。

業を煮やした結果、アポなしで三田家に向かった。

身分証を提示して父がこちらのご当主と懇意にしている雪岡です、と素性を明かすとなんとか玄関先までは入れてもらえた。しかし、出てきたのは後妻のみで、三田家の当主と藍には会えなかった。

その代わりに出てきた後妻に、自分はご当主と父が定めた藍さんの婚約者ですと説明をした。

すると、途端に後妻の表情が変わった。

俺の頭からつま先まで、品定めするような視線を送りながら、後妻がニヤリとする。

『そうだったのねえ、あなたが……!!　うん、悪くないわ……!!　あのね、あなたの婚約者は藍じゃなくて桃よ』

『……は？　いや、そんな話は伺っていませんが』

『でしょうね。私が勝手に変えたから。これは決定事項よ。今後あなたの婚約者は藍じゃなくて桃。いいわね？』

突然の婚約者変更に激しく動揺した。

――これは一体、どうなっているんだ。

困惑しつつ、なんとか状況を変えなければと、必死で頭を働かせた。

『でも私は藍さんだから婚約したんです。結婚したいのは、三田家の長女藍さんなんです。妹さんとは話したこともありませんし、そもそも年齢が離れすぎています。さすがにまだ十代の女性を恋愛対象として見るのは個人的に難しいです。ですから……』

『うるさいわね、とにかく藍にあなたみたいな人は勿体ないの!!　桃はまだ十代だけど、若いぶんには問題ないでしょ!?　はい、この話はこれで終わり～帰って帰って』

しっしっ、と手で追い払われてしまい、愕然とした。

『いや、まだ話は終わっていません。とにかく妹さんが婚約者になるのは納得いきません。せめて藍さんに会わせてくれませんか、それがだめなら彼女の連絡先を……』

食い下がると、後妻が明らかに不機嫌になった。

『しつこいわね!!　藍はもうこの家には戻らないのよ!!　連絡先なんか教えてやるもんですか、さっさと帰りな!!』

名家の当主の妻とは思えぬ怒鳴り声を上げながら、後妻は奥に引っ込んでしまった。

使用人の女性が申し分けなさそうに頭を下げてきたけれど、そんなことよりも藍に対するこのぞんざいな扱いは一体何なのかと、そっちに気を取られながら三田家を出た。

婚約者は藍の妹である桃に変更と告げられても、全く理解できない。

このままでは埒が明かない。そう思ったので独自で興信所に捜査を依頼し、藍の居場所を探った。

彼女の居場所はすぐに判明した。三田家からさほど遠くはないものの、三田家がある屋敷町とは全く違った庶民的な商店街のある町の、小さな古いアパートが住まいだった。

――本当に？　本当にここに、彼女が？

報告書を見てもすぐに信じられなかった。しかし、興信所が提出した画像には、確かに藍と思われる女性が買い物袋を提げながらアパートの一室に入っていく写真が収められていた。

――藍だ。

間違いなく藍であることにホッとした。しかし、写真で見る限り十三歳のときの彼女とは違いだいぶほっそりした印象を受けた。

苦労しているのではないか。ちゃんと食事は摂れているのだろうか。……変な男に引っかかったりはしていないだろうか。

気になりだしたら止まらなかった。普通は相手を驚かさないためにも事前にアポを取って訪問すべきだが、連絡先もわからないし仲介を頼んでも肝心の後妻があれじゃ無理だ。よって、直接彼女の部屋に赴いた。

――初めて会ったとき、彼女めちゃくちゃ俺のこと不審がってたもんな。

警察庁の者だと言ってもすぐには信じてもらえなかった。でも、あれだけ警戒心が強ければ誰かに騙《だま》されたりする心配はないか、と少々安堵した。

「雪岡さん。出張計画調整しました、見ていただけますか」

ここは警察庁のとあるフロア。自分の席でパソコンのモニターを見つめていると、へろへろと若い職員が近づいてきた。彼は同じ部署の《見習い》である笹井《ささい》だ。見習いと言ってもここ本庁で最下級というだけで、階級は警部であり、国家公務員総合職試験に合格したキャリアだ。彼はこのところ睡眠時間を削っているため、今日はすこぶる顔色が悪い。

「ご苦労様。さーて、今夜こそ最終で帰れるかな？」

「ホントに頼みます……。そろそろゆっくり寝かせてください……」

警察官僚は都道府県警察に出張し、巡回指導や助言をしなくてはいけない。その計画を立案するのが笹井の仕事だ。俺は彼の上司にあたるので、彼が起案したものに対する責任を負う立場にある。

ちなみに警察官僚は警視庁所属の刑事と違い、捜査をすることはない。もちろん警視庁や都道府県警察に捜査依頼を出すことはあるが、基本的にはデスクワークが中心なのである。

「ああ、そういや異動してきた人の歓迎会、雪岡さんはどうしますか？　出ます？」

「俺はいいや。しばらく忙しくて時間が取れそうもない」

カチャカチャとキーボードを叩きながら返事をすると、笹井がええ、と不満そうな声を上げた。

「雪岡さんが行かないと女性陣が不満そうにするんですよ……。せめて顔だけでも出してもらえませんか」

「嫌だよ。俺、婚約者いるし」

「えええええ!?　聞いてませんけど!!」

「言ってないもん」

きっぱり応えたら、笹井が無言で固まっている。

大方、俺が来ることをダシに何人かの女性の参加を取り付けた、とかなんとかだろう。

「そんなあ～～……。絶対雪岡さんも誘ってくれって、何人かに頼まれてるんですよ！」

「そんなこと言われても無理なもんは無理。三課の小井士《こいど》さんでも呼べば」

「小井士さんはイケメンだけど態度が超塩じゃないですか!!　いやですよ!!」

頼みますよ～、と懇願する笹井を横目に仕事を進めていると、スマホに着信があった。

「悪い、笹井。この件はこれで終わり」

「えええええ」

笹井のことは気にせず、スマホの画面を見る。それは、三田育子について調査を頼んでいた興信所の担当者からだった。

第六章　決別

雪岡さんの部屋へ避難、という形で彼と一緒に住むようになってから数日が経過した。

彼は、

『自分の家だと思って気楽に過ごしてくれ、部屋の中にあるものはなにを使ってくれても構わない』

と言ってくれている。

すごくありがたいし、嬉しいし、そんな優しい彼のことがもっともっと好きになった。

でも、どうもまだ職場から雪岡さんの部屋に行くという状況に慣れない。

「た……ただいま、です……」

照明を点け、誰もいない部屋の中を遠慮がちに進みながら、やっとキッチンに辿《たど》り着《つ》いた。

――ふ……ふう……キッチン落ち着く……住んでいたアパートの三倍くらい広いけど。

高級なソファーに座ってテレビを観《み》るより、ここに立って料理を作っているほうが気が楽でいい。早速買ってきた食材を冷蔵庫に入れ、夕飯の献立を考える。

普段の雪岡さんはかなり帰宅が遅い。

今まで私に会いに来てくれたりしたときは、ものすごい勢いで仕事を片付けるか、外出のついでに立ち寄っただけだったらしい。そういう事情を聞くと、官僚という仕事がどれだけ忙しいのかがよくわかった。

だから余計に、家ではのんびり過ごしてほしいし、食事も栄養バランスのとれたものを食べてほしいと思えるようになった。

野菜やきのこ、魚などを中心にした料理のレシピをスマホで探していると、いきなり画面が切り替わって着信画面になった。相手は、父だ。

——お父さんだ。珍しい……

直接電話をかけてくるなんて、変な感じ。それとも、何か緊急の用事があるのだろうか。

「はい」

『藍か、忙しいときにすまんな、少しいいか』

「はい」

父の口調は落ち着いていていた。

淡々と語るその内容は、今度の日曜に大事な話があるから、実家に来てくれないか、というものだった。

「でも、私……今あまり育子さんと顔を合わせたくないんだけど」

父は多分、育子が私の部屋で暴れたことを知らない。私も敢《あ》えてその話をするつもりはない。でも、育子に会いたくないという気持ちは揺るぎないので、そのことだけは伝えたかった。

『それは承知している。しかし、今回ばかりは育子も、お前も、桃にとっても大事な話だから、来なさい。雪岡のせがれも一緒に』

「え。雪岡さんもいいの？　まだ結婚してないけど……」

『構わない。むしろ、彼にも同席してもらいたいんだ、今回は』

自分一人で実家に帰るのなら断りたかった。でも、雪岡さんも一緒ならきっと大丈夫。そう思えたので、わかったと返事をして電話を切った。

「……なんだろ、一体……」

雪岡さんも同席してほしいって、どういうことだろう。もしかして、私と雪岡さんの婚約を正式に認めて、育子を説得する、とか……？

考え出したらキリがない。とりあえずまた彼が帰宅したときにこの話をするとして、まずは夕食を作ることにした。

彼が帰宅したのはもうじき日付が変わる、という頃。

カチャン、と玄関のドアが閉まる音が聞こえてきて、うっかりダイニングテーブルに突っ伏してうたた寝をしていた私は、眠い目を擦りながら立ち上がり彼の元へ行く。

「お帰りなさい」

真っ直ぐリビングではなく、まず洗面所で手を洗い、うがいをしていた雪岡さんが、鏡越しに私を見つけ、ビクッと肩を揺らす。

「えっ。起きてたの？　寝てていいのに！」

「待っていたくて……。それに、話したいこともあったし」

「話したいこと？　なに？」

口元と手をタオルで拭き終えてから、雪岡さんが尋ねてくる。

リビングに移動し、夕飯を温め直してテーブルに置いてから、彼の向かいに座った。

時刻も遅いので、雪岡さんには食べながら話を聞いてもらうことにした。

「父から電話があって、今度の日曜に実家に行くことになりました」

鮭《さけ》の切り身の上にブロッコリーやタマネギなどの野菜とエノキやシメジ、マイタケといったキノコを載せ、ホイルで蒸し焼きにした。そこに醤油《しょうゆ》ベースのソースをかけてから、彼がパクパクと口に運んでいる。

「あー、その件か。大丈夫、俺も君の父上から連絡もらってるから、承知してる。一緒に行こう」

「えっ。連絡もらってるって……父が!?　どうして雪岡さんに……」

予想しなかった答えに、思わず前のめりになる。

「以前君のご実家に連絡したときに、念のため俺の連絡先を秘書さんに伝えておいたんだ。俺もまさか三田のご当主本人が連絡をくれるとは思わなくて、電話が来たときはちょっとびびったけどね」

味噌汁を啜って、クスっと笑っている雪岡さんに対し、今の私には笑えるような余裕はなかった。

「なんの話なんだろう……。それにどうせ育子もいるでしょ？　いやだな……」

はっきり言って不安しかない。そんな私に、雪岡さんが微笑みかける。

「大丈夫だよ。きっと藍にとってはいい話だから。それに俺も傍にいるだろ？」

「いい話だからって……、雪岡さんは内容を知ってるの？」

「少しだけ。俺も気になることがあって父上に報告したことがあるからな……」

「え？　報告した？　何を……」

ちらっと彼が漏らした言葉が気になって、尋ねた。

「ちょっとね。まだ確定じゃないから、はっきりしたら話すよ」

濁されてしまった。かといって掘り下げて聞ける雰囲気でもないので、それ以上は突っ込まなかった。

――なんなんだろ……。でも、私にとって悪いことでないのなら、まあいいか……

「それより藍の作る飯、どれも本当に美味いよ。疲れが吹っ飛ぶ」

「ほんと？　今まで自分の為にしか作ってこなかったから、人に美味しいって言われると嬉しいな。あ、桃にも言われたか……」

「誰が食べても美味いってことだ。素晴らしいね」

彼の一言で気がかりだったことが頭から消えていく。

育子の顔を見なくてはいけないのはとても嫌だけど、この人が一緒ならきっと大丈夫。

そう自分に言い聞かせながら、実家に帰る当日を待った。


そして実家に行く日がやってきた。朝から気もそぞろで落ち着かない私を、雪岡さんが何度も宥《なだ》めてくれた。

「確かに育子さんはいるだろうけど、君の実家でもあるんだから。そんなに怯えずもっと堂々としなよ」

「だって……この前あんな目にあったんですよ⁉　昔から大事にしていた本も破かれちゃったし、服も少ない枚数ながら自分なりに大事にしながら着回ししていたのに。あのときは悲しみというか絶望で何も言えなかったんですけど、時間が経ったらだんだんイライラしてきちゃって。育子の顔を見たら怒りで噛《か》みついてしまいそうです……」

本気で心配しているのに、なぜか雪岡さんが笑い出した。

「ははは‼　いいじゃないか、藍が本気で怒るところなら見てみたい気もする」

「わっ……、笑い事じゃないです‼　本当に腹が立つと、多分私顔に出ちゃうから、誤魔化しがきかないのにっ」

「大丈夫でしょ。それに隣には俺がいる。何かあればちゃんと止めるし、場を収めるから心配しないで」

軽やかにハンドルを操る美男子の微笑みに、私の不安はかき消される。

——不思議。この人が笑うと、本当に大丈夫だと思えてくる。

「わかりました……」

大人しく黙り込んだら、それはそれで「今度は静かすぎ」と笑われてしまった。

じゃあどうすればいいのか。

しばらくすると、懐かしい御屋敷町が見えてきた。これまでは一人で最寄り駅から徒歩だったので、何度引き返そうと思ったかわからない。でも、今日は頼もしい味方がいるので、家が近くなっても意外と落ち着いている。

まず入り口ゲートの前で一旦停止し、車から降りた私が、ドアホン越しに開門を願い出る。

「藍です」

すぐにドアホンから「お帰りなさいませ。今開門いたします」という声が聞こえてきた。聞き慣れない声は、おそらく私が家を出てから雇った使用人の方なのだろう。

静かにゲートが動き出す。開ききったところで、彼が車を敷地内に進める。綺麗に整備された庭を進むと、家屋に隣接したガレージが見えてきた。数台停められるガレージには、すでに何台か車が停まっていた。おそらく父が使用している車と、育子が乗っている赤い外車。それからもう一台、見覚えのない車もある。

──買ったのかな？　それとも、他にも誰か来ているのかな……？

ガレージに車を入れて車を降り、玄関の前に立つ。

「……」

ドアホンのボタンを押そうかどうしようか悩んでいると、すぐ横に雪岡さんが立った。

「実家なんだから。普通に入ればいいだろ」

「そうだけど……」

躊躇《ためら》う私に構わず、彼が引き戸を開けてしまう。

「えっ、ちょっ……。た、ただいま帰りました!!　藍です」

広い玄関で声を上げると、奥の部屋から「はーい!!」という声が聞こえてきた。どこかで聞いた声だなと思っていると、奥から小走りでやってきたのは、昔この家で家政婦をしていた鳥羽さんで、目を見張った。

「藍お嬢様!!　お帰りなさい!!」

「えっ……鳥羽さん!!　お久しぶりです……、っていうか、お辞めになったたって聞いてたんですけど……」

「ええ、そうなんです。でも先日旦那様から直接お電話いただいて、またこちらでお世話になることになったんです」

すっかりご無沙汰になってしまった鳥羽さんだが、髪が白くなり、やや年老いた印象はあるものの、それ以外は変わっていない。懐かしさで自然と頬が緩んだ。

「そうなんですか、よかった!! 父も鳥羽さんのお料理が食べられるって喜んでいるんじゃないですか?」

「うふふ、だといいんですけど。さあ、こちらへ。皆さんお揃《そろ》いですよ」

――お……お揃い……。怖い……

思わずちらっと隣にいる雪岡さんを見る。そんな私に、彼は大丈夫だよと言わんばかりに小さく頷く。

私の実家に行くとあって、彼はスーツを選んだ。毅然《きぜん》と立っている彼の凛々《りり》しい顔にドキッとしつつ、私が彼を先導する格好でリビングに向かう。

鳥羽さんが私達をリビングへ案内する。我が家では何か話し合いがあると、一番広いこのリビングで行うのが常だ。

二階の一部分を吹き抜けにしたリビングは、かなり広い。天井からぶら下がるシャンデリアが印象的なこの部屋は、部屋の中央に私や桃が子どもの頃使っていたグランドピアノが置かれている。入ってすぐ目にする応接セットは、三人が余裕で座ることができるソファーが二つと、一人掛けのソファーが二つ。だいたいいつもこの一人掛けのソファーに父が座っている。今日はそれぞれに祖父と父が座っている。

部屋に入ると、まず父が私に気付いた。

「ああ、藍。来たのか。ここに座りなさい。それと……そちらが、雪岡の……」

「先日はお電話ありがとうございました。会うのはお久しぶりになります。雪岡宏一郎です」

父と雪岡さんが立ち上がり、挨拶を交わしているのをちらっと眺めてから、ソファーに視線を移す。

今、父の他にソファーに座っているのは、祖父と祖母。そしてすでに機嫌が悪そうにムッとしている育子。いると思っていた桃の姿はない。

「おお、藍。久しぶりだな。元気にしてたか」

声をかけてきたのは祖父だ。

「お祖父様《じいさま》お久しぶりです。あの、桃は……」

「来ない。どうしても外せない用事があるようでな。まあ、急だったから仕方ない」

久しぶりに会った祖父は、だいぶ年老いていた。それでもまだ三田の関連企業で会長や顧問を務めていることもあり、声に力強さもあるし眼光も鋭い。

「そりゃそうよ。私だって急に呼び出されたんだから。軽井沢《かるいざわ》からわざわざ、このためだけに来たのよ⁉」

私と祖父が話していると、祖母が口を開いた。

ブツブツ文句を言っている祖母だが、近くの別邸で祖父と一緒に暮らしていた頃からすると、肌艶もいい。一人でのんびりする暮らしが性に合っているのだろう。

「これで全員集まったな。早速本題に入ろう」

雪岡さんとの挨拶を終えた父が、一人掛けのソファーに浅く腰を下ろした。

「集まってもらったのは他でもない。今後の我が家のことだ」

「我が家？　どういうことだ。こんな話し合いを設けなければいけないような、なにかがあったのか」

真っ先に祖父が意見する。祖母は静かにお茶を飲みながら、父と祖父へ交互に視線を送っている。

「結論から言うと、育子と離婚しようと思っている」

父がスッパリ言い切ったそのとき、今度は育子が真っ先に反応した。

「えっ!?　雅司さん、いきなりなにを……？　私、そんなこと聞いていないんですけど!!」

「当たり前だ、話してないからな。ここ数年のお前の行動や言動などを全て鑑《かんが》みた結果、もう夫婦としてはやっていけない。そう判断した」

「なんですって……!!　そんな……、そんな一方的な申し出に、私がすぐ承諾すると思っているんですか!?　納得いきません!!」

育子が声を荒げる。

しかし、この場にいる育子以外の人間は冷静だった。祖父も祖母も、父の決断に驚くような反応は一切見せなかった。

――まあ、祖父も祖母も育子とあまり折り合いが良くなかったからなあ……。こういう反応はさもありなん、て感じ。

鳥羽さんが持ってきてくれたお茶が入った湯呑みを口に付けながら、周りの様子を静かに窺《うかが》う。

「納得いかないと言われても、ここ数年のお前の行動を見たら、普通の夫は離婚を切り出さずにいられないのでは？　少なくとも私は、藍へのキツい態度だけでお前には愛想が尽きた」

「……っ、なにを、言って……」

「私が藍に渡してくれと言ってお前に渡した銀行の通帳と印鑑。お前、持ってるだろう」

「!!」

育子の顔が引きつった。

「今すぐ出せ。ここへ持ってこい」

「………っ」

育子が立ち上がり、無言のまま部屋を出て行く。その間に、祖父と祖母が父に詰め寄った。

「やっと別れる気になったのか、長かったな」

「だから再婚するときに言ったんですよ!!　そんな、一度や二度会っただけで再婚相手を決めるなって……。だからこういうことになるんじゃないですか!!」

祖母に責められ、心なしか父が少し肩をすくめた。

「そんなことを言われても。当時は私も必死だったんですよ、母親を亡くした藍に母代わりとなる存在が必要だと。その人選を誤ったことは認めます」

三人が話している中、私と雪岡さんが無言でいると、育子が戻ってきた。手には通帳と印鑑ケースのようなものが握られている。

「はい。どうぞ」

特に狼狽《うろた》えることもなく、育子が通帳を父に渡した。渡された父が、早速中身を確認すると、すぐに表情が曇った。

「見事に全部引き出してあるな。……何に使った？」

「何って、藍の為に使ったんです!! 定期的に部屋に行って、生活雑貨を買ったりたまには服飾品も。そうよね、藍？」

育子が必死で目配せする。そうだって言えと。でも、それに乗る私ではない。

「……何も、もらっていません。その通帳の存在だって先日父が教えてくれるまで知りませんでしたから」

きっぱり言い放つと、育子が鬼の形相になる。頬は赤らみ、怒りで震え始めている。

「藍……、あなた、なんでそんな……。あなたのためにいろいろやってあげたでしょう!? 散々世話になっておきながら、そのふてぶてしい態度は何!? バカにして……っ、この、恩知らずがっ!!」

「育子、やめなさい。ここへ来て白々しい演技もないだろう。全てわかっていることだ、今更取り繕ったって意味がない。無駄だ」

「……っ、なんで……っ。こんなことが離婚の原因になるんですか？　意味不明だわ」

育子が吐き捨てる。しかし父は冷静だ。

「では、更に本題に入ろうか。ここ数年のお前の行動について、調査結果が出た」

父が背中の辺りに隠していた茶封筒。その中から、何枚かの書類を取り出し、テーブルの上に広げた。それを見るために身を乗り出した祖父が、まず写真が添付されている用紙を手に取った。

写真の中には、若い男性の姿があった。多分私と同じくらいか、もっと若い。男性は黒っぽいジャケットの下に赤いシャツを着て、顔が半分隠れるくらいの長い前髪と、ばっちりメイク。

見るからに普通の人ではなさそうである。

「なんだこれは……。あんた浮気してたのか」

祖父が驚きつつ、育子に尋ねる。

「えっ。なに、どれ」

祖母が立ち上がり、祖父が手にしている書類を覗き込んだ。

浮気と言われてすぐ、育子の顔が強《こわ》ばったのは見逃さなかった。

「その調査書にあるように、ここ数年育子はその若い男性と親密にしており、我が家からかなりの金がその男性に流れていたようだな。異論はあるか？　育子」

ここにいる育子以外の全員が、育子を見る。

「……そんな、皆真剣になっちゃってあほらし。こんなの、ただの遊びよ‼　この男はホストなの。私みたいな金持ちの女を相手にするのがお仕事なの!!　別に浮気っていうわけじゃ……」

「ホストと深夜にホテルに行って、明け方一緒に出てくるところはどう説明するんだ？」

育子の前に、パサッと置かれた書類。そこには、育子がその男性と腕を組み、ホテルらしき場所から一緒に出てくる様子の画像が添えられている。

ムッとして黙り込んだ育子だが、それでもこの状況には抗《あらが》う姿勢らしい。すぐに堂々と胸を張った。

「だからなに？　ただホテルでお酒を飲んでいただけよ。浮気したなんて証拠は、どこにもないじゃない!!」

「そこなんですが、私からも一言よろしいでしょうか」

いきなり雪岡さんがこう言って挙手した。そのことに私が驚いてしまう。

「え？　雪岡さん？」

きょとんとしている私を置き去りに、雪岡さんが話し始めてしまう。

「育子さんのことに関しては、私も独自で調べを進めてきました。そして、私もこの男性と育子さんの関係を知り、その相手の男性について調べを進めていたところでした。で、最近わかったことなのですが、この男が近頃世間を賑《にぎ》わせている若い女性を狙った暴行事件に関与している可能性があるとわかりまして」

「えっ」

まず声が漏れたのが育子。それから、祖父母。父は予《あらかじ》め雪岡さんから聞かされていたのか、表情を変えない。

「容疑者の一人は先日逮捕されたのですが、育子さんと交際中であるその男性が、容疑者と同じ愚連隊《ぐれんたい》に所属していることが判明しました。そして、最近被害にあった女性の証言から、犯人は複数人いることがわかっています」

「な……なによ、あの男が犯罪に絡んでいるっていうの？　だって、私という女がいるのよ!?　それなのに……暴行事件とか……」

育子も思考がこんがらがっているようで、自分で私という女がいる、とか告白しちゃってますけど。

「私もその辺りが気になって、この事件を担当している所轄の担当者にあなたの恋人について調べるよう依頼しました。どうやらその男、過去に傷害で逮捕歴があるようですね。初犯だったこともあり執行猶予がついて収監はされなかったようですけど、まだ猶予期間中なので今度逮捕されたらアウトです」

「えっ、たい、逮捕……!?　だって、あの人そんなことなにも……」

「言うわけないだろ。騙されたんだよ、あんた」

祖父がつっけんどんに言い放つ。

愕然としている育子に、雪岡さんが話を続ける。

「その愚連隊ですが、この一年ほどは随分と羽振りがよかったようですね。週の半分根城にしている六本木の店に集まっていたそうですが、代金はちゃんと支払っていたそうです。一晩で数百万使うこともあったようですが」

雪岡さんが話を終えると、祖父母の視線が一気に育子へ向かう。

「育子さん……、あなたその男に一体幾ら貢いだの⁉　あなたが貢いだお金が、その輩達の資金源になってたんじゃないの⁉」

祖母が声を荒げた。いつもなら祖母に何か言われるとすぐ言い返す育子が黙り込んでいる。視線が定まらない様子を見ると、彼女もこのことは知らなかったようだ。

「そんな……。だって、店を出したいって……。その資金を援助してくれないかって頼まれたから、私は……」

そんな育子の様子を見て、父がため息をついた。

「育子がいくら貢いだのか、大体の金額を秘書に調べさせた。数億はくだらないらしいな」

「数億……‼」

淡々と語る父に、祖母が驚く。祖父は頭を抱え、育子は顔面蒼白《そうはく》だ。

「あなた、どうしてくれるの⁉　どうやって償うつもりなの‼」

祖母が再び育子に声を荒げた。

「わ……、私は……、そんなつもりでは……本当に軽い遊びのつもりだったんです……！　信じてください‼」

目に涙を溜めながら、育子が父に懇願する。

「軽い遊びのつもりで、藍の生活費にまで手を出したのか」

きっぱり言われて、育子が黙り込んだ。

「貢いだ金額の多さももちろん問題だ。しかし、それよりも藍のためにと思い私が送金していた金をお前が全て使い込んだことが、私にとっては一番堪《こた》えた」

育子が気まずそうに父から目を逸らした。

「金のことをどうこう言ってるんじゃない。金なんて正直どうでもいい。再婚する際、私はお前にくれぐれも藍をよろしく頼むと言ったはずだ。幼くして母を亡くし未《いま》だに喪失感が拭えずにいる我が子を、誰よりも大事にしてほしい、頼みます、と。お前はそれに対し、お任せくださいと言ったのは覚えているか」

「…………それは……」

育子の目がわかりやすく泳ぐ。

「覚えてないだろう。でなきゃ、藍にあんな酷い仕打ちなどできないはずだ。あの約束が反故《ほご》にされた時点で本来は別れるべきだった。忙しさにかまけてズルズルと引き延ばしていた結果、決断が遅くなったのは、全面的に私が悪い」

父が少し身を乗り出し、育子と向き合う。

「子会社にいるお前の兄も、先日部下からパワハラで訴えられた。緊急の取締役会で彼は役職を解任された。これも良い機会だ。三田はお前と、お前の家族とは決別する。三田家の嫁が犯罪に関わった愚連隊の人間に資金を流すなど言語道断。見過ごすことはできない」

「は？　だって……相手がそんなヤツだったなんて知らなかったんですよ⁉　それでも私が悪いって言うの⁉」

「知らなかったとはいえ、お前が不倫したことも彼に資金提供をしたのも事実だ。さすがにもう、私に婚姻関係を続ける意思はないよ」

育子の顔に絶望が浮かぶ。

「そ……そんな。嫌です、別れたくないです‼　別れるんだったら、慰謝料を請求できるんですよね⁉　財産分与も……」

「不貞を働いたのはあんただろ。すでに何億も男に貢いでいるくせに、よくもそんなことを」

祖父の厳しい声に、育子が一瞬怯《ひる》んだ。しかしさすが育子。簡単に引き下がったりはしない。

「でも、財産分与は正当な権利です‼　もらえるものはしっかり請求させてもらいます‼」

鼻息荒く主張する育子に、祖父母が無言で目を細める。

「それに、私には桃がいます。あの子は私が産んだ子です‼　あの子には私が必要なはずよ」

「それに関しては桃から意見をもらってある。あの子は、今後三田家から離れて、自分のやりたいようにやると。今までは母親であるお前が敷いたレールの上を歩いていたけれど、もうそんな生活はこりごり……だそうだ。今日も今お付き合いのある男性のライブに行っているようだな」

「な、ん……ですって……。桃がそんなこと言うわけないじゃない!!　あの子は私に似て、プライドも高くて、自分が三田家の娘であることに誇りを持っていたのに」

「そのプライドを好きな男にへし折られたそうだ。今の桃は、お前が知っている桃とは違う。せっかく本人にやりたいことができて、それをやらせてくれと言っているんだ、好きにさせてやりなさい」

次女の桃が家を出た。この件について祖父母がなにか思うことがありそうだと気になった。しかし、意外にも二人とも、その辺りについて何も言わない。それどころかむしろ。

「確かに。桃は、あのままこの家で大事に大事に育てられたらきっとダメになる。一度くらい家を出て、人並みに世間に揉《も》まれた方が人として成長できそうだしな……」

「そうね、その通りだわ」

祖父母も異論はなし。異論があるのは育子だけという状況で、彼女は顔を真っ赤にして俯いている。

「……どうして、桃……!!　あんなに可愛がってあげたのに……」

「可愛がるったって、ただ物を与えて可愛い可愛いと言うだけだろう。桃も、自分を育ててくれたのは鳥羽さんだと言ってたぞ」

「なっ!!　なんですって!!」

「で、財産分与に関してだが」

父がお茶を飲んでから、ソファーの背に凭れた。

「財産分与は、基本的に婚姻関係を結んでから得た資産が対象だ。この家は先祖から受け継いだものだし、ここ数年不動産も取得していない。となるとここ数十年の私の収入や株の配当金などがそれに該当するはず……なのだが」

父が背中の辺りから封筒を取り出し、中から数枚の用紙を抜いた。

「育子。お前は私との結婚の際、この用紙に署名捺印《なついん》をしたはずだが。覚えてないのか」

「え？　……覚えてますよ。結婚に関しての誓約書でしょ」

育子が不機嫌そうに口を尖《とが》らせる。

「そうだ。ここに私の実子である藍の養育を希望する旨や、家計を任せたいという婚姻に関しての条件がいくつか記してある。もちろんその中には不貞行為はいかなる理由があっても容認しかねる、とも記した。そして、これらの条件が果たされず婚姻契約を解消する場合、財産分与を一切請求しない、という文言があったのをお前は忘れていないか」

「えっ…………？」

育子が真顔になったあと、素早く書類をひったくった。記載された内容を確認していくと、育子の顔が青ざめていく。

「この条件をのんでもらわないと結婚はできない、と私ははっきり言ったはずだ。あのときのお前は、この書類を適当に確認して確かに問題ないですと言った。ほら、ここにちゃんとお前のサインも捺印もある。忘れたのか？」

父が指でトントン、と示した場所には、しっかりと育子の署名と捺印、そして日付の記載があった。

「あるわね、しっかり」

まず祖母が、続いて私も祖父も雪岡さんも、それを確認した。

「すごい。さすが……」

雪岡さんが思わず声を漏らす。

でも、気持ちはわかる。私だって父が婚姻の際にこんなものを作っていたなんて、思いもしなかった。

そして育子はというと、おもいっきり形勢逆転してしまい完全に余裕をなくしていた。

「わ……私、そんな内容だと思わなくて……。こんなの、無効です!! 私は納得してない！」

「往生際が悪いな。私は全てちゃんと読み上げた。君ははいはい言ってたじゃないか。当時の秘書もそれを見ている。それに顧問弁護士もこの書類は有効だと断言したよ」

「あ……私……っ、そんな……」

力なく項垂《うなだ》れる育子を横目に、父が書類を袋にしまう。

「もちろん、何もやらないとは言っていない。お前が乗り回しているあの車やハイブランドのバッグ、貴金属を全て売りさばけばいくからまとまった金が手に入るのでは？　それはお前にやろう。桃を産んでくれたことは感謝しているし、長年私が不在のこの家を一応表向きは守ってくれたことにも礼を言う」

「そんな……そんなもの、もらったってたいした額にならないわ!!」

そうかなあ、結構良いお値段になると思うけどなあ、と思っていると、そこに父がダメ押しする。

「そうだ。お前の父親が経営する会社、あまり業績が良くないようだな」

「え……？　そんな話、私は何も……」

育子がきょとんとする。

「これまではうちが援助をしてきたからな。それでもこの有様だ。うちとしても収益が上げられない会社の援助は今後続けられない」

「そんな!!　それじゃ父の会社はどうなるんですか!?」

「さあ。倒産するか、破産するか。どちらでも好きな方を選べばいいのでは？」

冷たく言い放つ父に、育子の顔が険しくなる。

「ひ、ひどい……っ!!　二十年も連れ添った妻に対して、よくそんなことができますね!?」

「信じていたからこそ、裏切られたことが腹立たしい。お前だってわかるだろ？　好きな男に裏切られていたんだからな」

「っ……!!」

育子が唇を噛む。悔しさいっぱいの顔で、父を睨みつけている。

でも父の表情は全く変わらない。我が父ながらこういうところはすごい。

「しかし……。お前がこの離婚に承諾するなら、これを最後にするという条件でうちが援助してやってもいい。だが、お前がこの離婚に反対するのなら援助は打ち切る。今後どうなろうが一切うちは関与しない。さあどっちを取る？」

「……っ、その前に、本当に会社がまずい状況なのか父に確認します。ちょっと待ってください」

育子の顔に焦りが浮かぶ。彼女が慌てた様子でスマホをタップすると、それを素早く耳に当てた。

「もしもしお父さん？　ちょっといい？」

彼女がこの場から少し離れたところまで移動し、話を続ける。途中、「嘘でしょ!?」とか「なんで!!」と声を上げたあと、電話を終えて戻ってきた。その顔には、父の言ったことが事実であったと書いてある。

「どうする」

父の一言に、育子の顔が怒りに歪む。

「ひ……人の足下を見て!!　卑怯《ひきょう》よ！」

「卑怯？　私が藍のためにこの六年間送金し続けた金を使い込んだ挙げ句、若い男に入れ込んで金を貢ぎまくったお前が言うのか。いくら使ったか覚えていないとは言わせないからな」

育子がぐっ、と下唇を噛んだ。悔しそうな表情をしてから数秒後。彼女がぎゅっと目を閉じた。

「……のみます、その条件。だから父の会社を助けてください……」

「よかろう。……では話はまとまった。異論のある者はいないな？」

祖父母が静かに頷く。私と雪岡さんも、それに倣って頷いた。

「話は以上です。皆さんお疲れ様でした。では育子、お前は離婚が成立次第、速やかにこの家を出て行くように」

「……っ、言われなくたって……さっさと出て行くわよっ、こんな家!!」

育子が捨て台詞を吐き、リビングを飛び出していった。その様子を見つめていた残りの人達が全員、気が抜けたように息を吐いた。

「なんなのかしら。二十年も世話になったくせに最後の台詞がアレじゃあ……」

やれやれと首を横に振る祖母に、祖父がそうだな、と同意する。

「嫁だからと多少は目を瞑《つぶ》っていたのがそもそも間違いだった。こういうことになる前に手を打つべきだった。なあ、雅司」

「ご心配をおかけして申し訳ありませんでした。ですが、まだ桃が学生だったのでその辺りは慎重にならざるを得なくて。その桃も成人し、夫婦のことには関与しない、好きにしていいと背中を押してくれたことが離婚を決意したきっかけになりました」

——桃がそんなことを!?　なんかあの子、急に大人になっちゃったみたい……

ポカーンとする私に、父がふっ、と微笑んだ。

「あの子だってもう大人だ。自分の事は自分で考えられる。だから藍。お前は自分の好きなように生きなさい」

ちなみに桃の生活は父が援助しているという。実はこの集まりの数日前に桃が父に連絡してきて、今度のことを二人で話し合ったのだそうだ。だから思いきって家を出ることができたんだなと納得した。

「でも雅司、三田の後継者に関してはどうするんだ。藍も桃も家を出たらお前の子は誰も後を継がないことになってしまう」

不安そうに尋ねる祖父に、父が視線を彷徨《さまよ》わせる。

「まあ、それは……直系ではなくとも、三田の誰かに任せれば……」

「ていうか藍がやればいいんじゃないの？」

この場の人達が、全員「え」と発言した祖母を見る。

「藍は名門女子大を出ているし、成績だってよかったわ。これまでずっと一人でいろんな仕事を経験してきたわけだし、社会経験はじゅうぶんじゃないかしら。これからは雅司の傍で勉強しながら、これまで深められなかった親子の仲も一緒に深めたらいいのでは？」

急にこんなことを言い出した祖母に、慌てて「いやいやいや」と突っ込みを入れる。

「無理だよ!!　私、そんな器じゃないし……雪岡さんならまだしも」

雪岡さんの名前を出した途端、祖母達の視線が雪岡さんに向いた。

「そういえば、あなた。藍の恋人だそうだけど何をしていらっしゃる方なの？」

改めて祖母に問われた雪岡さんが、姿勢を正す。

「申し遅れました、雪岡宏一郎と申します。現在警察庁刑事局、組織犯罪対策部に所属しております。このたび御縁をいただきまして、三田藍さんと婚約をさせていただきました」

警察庁という名称を耳にした途端、祖父母の目の色が変わった。

「警察庁……‼　そうなの、警察の方だったのね！　ちなみに階級は？」

「警視です」

祖父母からほおおお……と声が上がる。

「お若そうなのにもう警視だなんて。そんな方に警察を辞めて三田の後を継いでくれなんて頼めないわね」

祖母が残念そうにしていると、すかさず雪岡さんが口を開く。

「え？　そうですか？　私としては頼まれればお受けしようと思っていたのですが」

うそでしょ、という空気がこの場に流れる。

「そんな！　あなた、せっかくそこまで出世したのに勿体ないわ！　三田のことはまた親族間で話し合うからいいのよ」

「お気遣いはありがたいのですが、私にとって藍さんより大事なものはありません。もし彼女が三田家の後を継いでほしいと私に頼んできたら、全く問題なく受け入れますので」

「えええ⁉　そんな、あなた本気で言ってるの⁉」

「ちょっと‼　雪岡さん‼」

驚きの声を上げる祖母を前に、このままではまずい、と慌てて話に割って入った。

さすがに私も警察庁でのキャリアを捨てさせてまで、彼をうちの跡継ぎにしたいとは思わない。

そこだけは容認できなかった。

「受け入れちゃだめよ‼　雪岡さんにお願いするくらいなら、私がやります‼　だから……」

「そうか、わかった。では、藍は今の職場を辞めて雅司の秘書になって勉強しなさい。まずはそこからだ」

――すんなりＯＫ⁉

あっさり祖父が承諾してくれて、肩透かしを食らった。

「う………は、はい……わかりました……」

ずっと長い間三田家から逃げてきたのは私だ。育子が去ることになった今、私がこの家から逃げる理由はもうないのだから、仕方ない。

話し合いが終了し、まずは祖父母が別邸に戻っていった。残されたのは父と私と、雪岡さんだ。

父はしばらくの間雪岡さんと、彼の父が今どうしているかなどで、そこそこ話が盛り上がっているようだった。

「そうか……。雪岡とも最近はほとんど連絡を取っていない。お互い落ち着いたら、また釣りに行こうと伝えておいてくれ。それと」

父が雪岡さんとの間を詰めた。

「その前に藍だ。今は君の部屋にいるそうだが、そのままその部屋が結婚後の新居になるのか？」

「そのつもりですが、もっと藍さんにふさわしい場所があれば、そちらに転居しても構いません。全ては彼女次第です」

父がチラリとこちらに視線を送ってくる。

「藍、どうする。どこか住みたい場所があれば、私が購入することも可能だが……」

「えええっ、いいです!! お父さん、育子さんのお父様の借金も支払うのに、余計な出費は抑えた方がいいですっ」

慌てて止めた。今お世話になっている雪岡さんの部屋だって、相当いい部屋だ。不満なんかなにもない。

「なにを。それくらい大した額ではないわ。まあ、お前がいいなら構わないのだが……その辺りは雪岡君に任せようか」

「かしこまりました」

雪岡さんが微笑む。

「それよりも、藍を大事にしてやってくれ。泣かせたら許さんぞ？」

冗談なのか本気なのか。顔に笑みが浮かんでいる父の本音が見えない。

「もちろん何よりも大切にします。ご安心ください」

父は私と雪岡さんの顔を交互に見て、軽く口元に笑みを浮かべたままリビングを出て行った。

昔は笑顔すら怖いと思っていた父だけれど、今は随分柔らかく笑うのだなと思った。

「さて……帰りますか」

「そうですね」

久しぶりに実家に帰ってゆっくりできたかもしれない。

そんなことを思いながら、私と雪岡さんは帰路に就いたのだった。


車に乗っている最中、今日実家に姿を現さなかった桃に連絡をしてみた。意外にも彼女はすんなり電話に出てくれた。

『ああ、お姉ちゃん？　どう、話し合い終わった？』

「終わったよ。……育子さんとお父さん、離婚することになった。育子さん、若い男性と浮気してたんだね？　いろいろ知らない事実がたくさん出てきて、頭が追いつかなかったわ」

『でしょ。でも、私お母さんが浮気してんのはなんとなく勘づいてたからさ〜。よくやるなーって思ってたのよね。お金貢いでたのは知らなかったけどさ……』

やっぱり桃も気付いてたのか。

「でも、桃は本当によかったの？　育子さんは桃のお母さんでしょ？」

『そりゃまあ、私も結構悩んだけどね？　でも、あの人が身近にいると、私本当に自由がなくて。高校生までは我慢できたけど、もう成人したしそろそろ解放されたかった。だから、いい。会おうと思えば会えるしね？』

自分の親とはいえ、彼女もそれなりに思うところがあったようだ。

ちなみに今どこにいるのかと聞いたら、好きな男性がやってるバンドのライブを追いかけて関西の方にいるそうだ。その人のことが本当に好きなのね、と伝えたら、すごく好き!!　めちゃくちゃ好き!!　と間髪容れず返事が返ってきたので、相当好きなのだとわかった。

雪岡さんの部屋に到着した途端、いろいろ気が抜けてソファーに座り込んだ。

「疲れた……」

柔らかいソファーの背もたれが、疲れた私をすっぽりと包み込んでくれる。

なんならもう、ここで寝たい……と思っていると、スーツから部屋着に着替えた雪岡さんがリビングに戻ってきた。

「お疲れ様」

私の隣に腰を下ろし、彼が微笑む。

よくよく思い出したら、あの家は私の実家。どちらかというとアウェイで気を遣ったのは彼の方ではないか。

「や、すみません……。雪岡さんの方がきっとお疲れですよね、私は何もしてないから」

「そんなこともないだろ？　育子さんと睨《にら》み合ってたし、精神的にはかなり疲れてると思うよ」

よく見てるな。

「大丈夫ですよ。でも、あの人が若い男性と浮気してたことは知りませんでした」

「俺も報告受けて驚いたよ。でも、わかってすぐに君の父上に報告したら、既に知っててさ。証拠のためにわざと泳がせてたらしいな」

「そうだったんだ……！」

「これで藍はいつでもあの実家に戻れるな。どうする？　戻る？」

雪岡さんの口調が柔らかい。きっと、彼は私が私にとっていちばんいい選択を下すことを待っている。

もちろん実家だって大好きな場所だ。だけど、今はもっと大好きな場所を見つけてしまった。

「戻りません。もちろん、たまには戻りますけど。でも、私が今一番いたい場所は、ここ、なので……。雪岡さんの隣にいたいんです」

だめですか？　と隣に座った彼を見上げる。雪岡さんは一瞬意外そうな顔をしたけれど、すぐに顔を綻ばせた。

「だめなわけないだろ。よかった～、自分で聞いておいて、もしすぐ実家に帰りますって言われたらどうしようかと。ひっそり傷つくところだった」

真顔で言われて、思わずクスッとしてしまった。

「帰らないです。私だって、雪岡さんと離れたら寂しいですもん」

「よかった。……あ‼　そういえば俺、一番大事なことを言い忘れてた！」

「えっ？　なに……」

雪岡さんが私の方に体を向けた。

「結婚してください」

ソファーに座ったまま向かい合って、彼が私の手をぎゅっと掴んでくる。

「最初はいきなり部屋に押しかけて驚かせてしまったけど、あのときは普段からは想像もつかないくらい理性が働かなかった。……だめなんだ、藍のことになると。俺は、自分の肩書きとかそういうことは一切忘れて、君のことが好きなただの男になってしまう。……こんな俺でよければ、だけど……」

「はい」

彼の手をぎゅっと握り返した。

「ただの男でじゅうぶんです。私も三田家を離れたら、なーんにもないただの女ですから。お互い様です」

「……そっか。ありがとう」

ぎゅっと強く抱きしめられる。

これからはこの人と生きていく。……まあ、そんなことは割と前から決めていたけれど。

プロポーズもしてもらえて、私は今最高に幸せだった。

この部屋に引っ越してきてから、寝床は彼のベッドだ。

ありがたいことに彼のベッドが広いので、二人で寝ても全く問題ない。いや、それどころか一人暮らしをしていたときよりもぐっすり眠ることができている。

それはおそらく、寝具が優秀だから。それともう一つ理由があった。

――だって。一緒に寝るってなると、大体そういう流れ……になるから……

もちろん彼が深夜に帰宅したときはしない。でも、二人でくっついて寝ていると、だんだんもっとくっつきたくなって、結局そういうことになってしまう。

――私、この前まで処女だったのに……。好きな人ができると、特別意識していなくても抱かれたいとか、思うんだな……

自分の中で大きく変化したことに戸惑うけれど、これが恋なのねと納得した。

そして今夜も、彼は入浴を終えて寝室に入ってくるなり、先に布団の中に入っていた私を抱きしめてきた。

「藍、温かい。いい匂いがする」

それはあなたです。

風呂上がりの雪岡さんは危険だ。目にかかる長さの濡《ぬ》れ髪《がみ》も、使用しているシャンプーの匂いも、洗い立てのシャツの香りも、全てが私をドキドキさせる。

「雪岡さんの方が……むっ⁉」

言いかけたところで、いきなり唇を指で掴まれた。

「もう雪岡じゃなくてよくない？　そろそろ名前で呼ぶ練習しようか」

唇を挟んでいた指をパッと離し、冗談ぽく微笑む彼に、私も頬が緩んだ。

「え？　ああ……それもそうですね……」

「名字はまだどっちになるかわかんないからな。もしかしたら俺が三田に入るかもしれないしね？」

「あ、その話……どうしますか？　本当に私が三田を継ぐ事になったら……」

さっき急に出た話を、彼はどう思っているのだろうか。

しかし私の不安を吹き飛ばすように、彼が笑顔であっさりこう言った。

「いいんじゃない？　俺でよければ喜んで君を支えるよ」

「私にできると思います……？」

やればいいってもんじゃない。大企業を経営する三田家の当主ともなると、必要な知識だって膨大にある。やってみたところで家が傾いてしまったら、それこそ取り返しがつかない。

そんな重責を自分が担えるのか。不安でいっぱいになっている私に、彼が優しく語りかける。

「できるさ。だって君は三田雅司の娘だろ？　それに君は生まれた環境にあぐらを掻いて生きてきたわけじゃない。一般企業での勤務経験はきっとこれからの人生に生かせるはずだ。これまで苦労した分、君ならきっと三田家を背負っていける。それに君は一人じゃない。父上もいるし、力を貸してくれる人はたくさんいるはずだ。もちろん、俺も」

「こっ……宏一郎さん……」

優しい言葉に胸が一杯になる。

「それに、ずっと君が当主をやらなくても、親族で優秀な人がいればその人に任せたっていい。もしくは、俺と君の子どもが大きくなったらその子に任せたり……とか？」

「えっ」

急に言われたまだ見ぬ未来の話。虚を突かれてきょとんとしていると、宏一郎さんが私の肩をトン、と押した。

「てことで」

ベッドに仰向《あおむ》けで寝転がる私に、彼が覆《おお》い被《かぶ》さってくる。

「そろそろいいかな？　風呂上がりの藍がいい匂いでもう我慢できない」

「え。それは、私も……」

同じ、と言葉を口にする前に彼の唇がそれを阻止した。

柔らかくて甘い口づけだけで、私は簡単に蕩《とろ》けてしまう。

――キス……気持ちいい……

頬に手を添えられ、離れては塞がれ、また離れては角度を変えて深く口づけられる。

キスだけで下腹部が熱くなってきて、気がついたら太股を擦り合わせていた。

ブラジャーを着けていない乳房を服の上から揉まれ、時々指で中心の尖りに触れられると、「んっ」と声が出て体が震えた。

「敏感なの、かわいい」

「だっ……だって、勝手に、声が……」

「いいよ、もっと出して」

首筋にキスをしたり、舌を這《は》わせたりしている間、宏一郎さんはずっと服の上から乳房を弄んでいた。しかし唇が鎖骨の辺りに到達すると、もどかしいとばかりにパジャマの前ボタンを外し始める。

「固くなってる」

パジャマの布がなくなった私の胸元には、キャミソールの布が一枚あるだけ。さっきからの愛《あい》撫《ぶ》で胸先がすっかり尖り、キャミソールの布を押し上げながら主張していた。

そんな胸の尖りを、彼が愛《いと》おしそうに指で撫でてくる。くるくると円を描くように触れられると、甘い痺《しび》れに襲われて、だんだん呼吸が荒くなってしまう。

「んっ……」

「気持ちいい？」

「うん……」

まだ布越しだし、胸への愛撫だけ。なのに体の奥底が疼《うず》いて、目の前にいるこの人を求めたくなってくる。

「あっ、ん……！」

彼が少し強めに先端を摘まんだ。ピリリとした刺激が電流のように体を走り、蜜口から蜜が溢《あふ》れ出《で》た。

「や……あ……っ……」

「もう直に触っていい？」

返事の代わりに頷くと、彼がキャミソールを胸の上まで捲《まく》った。ふるりとまろび出た乳房に、早速彼がかぶりついた。

「やあっ……ン、あン……！」

じゅ、じゅ、と音を立てながら乳首を吸われる。吸われるたびに背中が反って、ビクビクと体が揺れた。

胸元にいるこの人が愛おしくて、気がついたら彼の頭を両腕で抱きしめていた。

まだしっとりしている髪の香りや、肌のにおい。それらから醸し出されるフェロモンのようなものにあてられて、目眩《めまい》がしそう。

吸われている方ではない胸先へも、愛撫は与えられている。乳房を揉みながら中心を指で掠めたり、中心に絞ってキュッと摘まれたり。

そのたびに声を上げそうになって、ぎゅっと目を瞑って耐えた。でも、そんな私の行動を宏一郎さんに笑われてしまう。

「我慢しなくていいのに。気持ちいいなら声出してよ」

「……でも、うるさいと思う……」

「そんなことないよ。むしろ声聞きたい。出してよ、ほら」

話の途中なのに、彼が胸先をぎゅっと強めに摘まんだ。その途端、背中がビクン！と反って
「あんっ!!」と普段出さないような高い声が出てしまった。

言ってる傍から……と顔が熱くなってきた。

「だから言ったのに……」

「恥ずかしがらないで。……むしろ、そそるから」

胸元から聞こえたくぐもった声にドキドキした。こうやって彼が肌に触れるのはもう何度目かになるのに、一向に慣れない。毎回毎回、処女みたいな反応をしてしまう自分が恥ずかしかった。

「私……セックスに慣れる日って、来るんでしょうか……」

不意に彼が胸元から顔を上げる。今の今まで舐《な》めていた胸先が唾液で光っているのが、とても生々しかった。

「慣れる日……。どうだろ。かくいう俺もまだ慣れないよ」

「嘘だ。宏一郎さん、なんだか落ち着いているように見えるし」

「んなわけない。ほら」

彼が私の手を自分の胸に当てた。確かに私のものかと勘違いするくらい音が大きかった。

「ね。緊張するのは一緒だよ」

手を自分の胸から外しながら、彼が微笑む。

「そうなのかな……でも、宏一郎さんの方がどうみても余裕があるような……」

「それはね。どうすれば藍を気持ちよくさせられるか、必死で考えてるから。他のことを考える余裕がないだけなんだよな」

「え…………ン！　あっ……」

パジャマのウエストから彼の手が入り、ショーツの上から秘裂をなぞってくる。指の腹を使って何度か往復しているうちに、そこが熱く、ジンジンしてくるのがわかる。

「……ここ、もう湿ってるね」

ショーツのクロッチ部分をなぞられる。

濡《ぬ》れていることは否定しない。なぞられる前からもう、そこは濡れていた。

「脱いじゃおっか」

返事をする前に彼が上体を起こし、ショーツとパジャマのパンツを一緒に足から抜き取ってしまった。

間接照明の灯《あか》りだけなので周囲は暗い。そんなにはっきり見えないはずなのに、やはり普段人に見せない場所を晒《さら》すのは照れるし、なるべくならあまり見ないでほしかった。

「やだ、あんまり見ないで」

「それは聞けないお願いだな」

彼は太股を閉じようとした私を阻止し、強引に太股の間に体を割り込ませて、股間に顔を埋めた。

「!!　っ、あ、……っ……」

ざらついた舌が敏感な箇所を嬲《なぶ》るたびに、強い刺激が襲ってきた。逃げたくても力が抜けて逃げられない。その間に彼の舌が容赦なくそこを攻めてくる。

「いやっ……あ、ア……、きちゃう、きちゃうから……っ」

いやいやと首を振っても、彼は見ていないし愛撫も止めない。その間にだんだん高まってきた快感が、風船のようにふくらんでいく。

「ほ……本当に、きちゃう……っ……あ、あ、あ……っ……!!」

見事に膨らんだ高まりが、頂点で弾けて消えた。子宮がキュッと締まり、一気に脱力した私は天井を見つめたまま肩で息をする。

「い……いっちゃった……」

「気持ちよかった?」

顔を上げた宏一郎さんが、満足げに微笑んでいる。

「うん……」

「じゃ、そろそろ俺も」

彼が身につけていたシャツを頭から引き抜いた。露《あら》わになった彼の肉体についうっかり釘付《くぎづ》けになる。何度見ても無駄な肉が一切無い、筋肉質な体。今からこの腕に抱かれると思うと、それだけでドキドキが止まらなくなる。

彼が避妊具の装着を終えたのを目で確認してから、自分から彼に手を伸ばした。

「宏一郎さん、きて」

彼が微笑みながら私の手の中に入ってくる。ついばむだけのキスを何度か繰り返しながら、彼が屹立《きつりつ》を私に宛《あて》がった。

「あ………ン……」

熱い滾《たぎ》りがゆっくりと私の中に沈められている最中、彼の背中に手を回しぎゅっと抱きしめた。好きな人と一つになっている喜びを噛みしめながら、彼の動きに身を任せた。

「あっ、ん……っ、ん……」

はじめはゆっくりと。浅いところを往復して蜜を纏《まと》わせてから、今度は奥を穿《うが》たれる。

「んあ……!!」

快感に背中を反らせると、彼が不安そうな顔で見つめてきた。

「痛い？　大丈夫？」

これに小さく首を横に振った。

「大丈夫。だから……もっと動いて」

もっともっと激しく。壊れるくらい抱きしめてほしい。……とは、恥ずかしくて言えないけれど。

でも、この人にだったら何をされてもいい。そう思えるほどに私はすっかり彼に夢中だ。

「はあっ……!! ん、んんっ……あっ、あ……」

だんだん彼の動きが激しさを増し、腰を掴んでガツガツと中を穿ち始めた。途中足を閉じたり、私の体を横にしたり、少しずつ体位を変えながらの抽送に、もう何かを考える余裕はなかった。

「……っ、藍……っ、好きだ……っ」

彼の声にも徐々に吐息が混ざり始めた。その言葉に反応し彼の綺麗な顔に手を伸ばした。

「私も……好き」

お互いに舌を出し、絡め合う。そのうちに彼が覆い被さってきて、深いキスを繰り返しながら、彼が絶頂を迎えた。

私の中で小さく震えたあと、隣に倒れ込んできた彼が愛おしくて、頭を抱きしめた。

「宏一郎さん……」

さっきまで濡れていた髪はすでに乾き、今度は汗で前髪がしっとりしている。目にかかるその前髪を指でどけてから、そっと瞼《まぶた》にキスをした。

――綺麗な目だなあ……意外と睫も長い……

「……なんか、超見られてる……？」

「うん、見てる。綺麗な顔だなって」

「……」

なぜか宏一郎さんが恥ずかしそうな顔をして、髪を掻き上げた。

「いや。俺なんかより藍の方が綺麗だから」

「んー？　そうかな……そんなふうに思ったことないけど。家に桃っていう美少女がいたから、どうしても自分は……って思っちゃう」

本音を言っただけなのに、なぜか宏一郎さんが私の頬を両手で勢いよく挟んでくる。

「藍は綺麗だよ。でも、他の人に取られたくないから、あんまり自覚しなくていい。藍の美しさに気付いているのは俺だけでいいから」

「ん？　う、うん……？　わかった……」

——要は、今までどおりでいいってことなのかな……？　よくわかんないな……

結局のところはよくわからないまま、私と彼との甘い時間は、まだまだ続くのであった。

第七章　新しい生活

私が実家に行ってから数日後。父から育子との離婚が成立したと連絡があった。

『最後ごねるかと覚悟はしていたんだが、約束通り育子の父親の会社を援助すると公にしたら、すぐに離婚届にサインしたよ』

「へえ……そうなんだ……」

あんなに三田家にこだわってたのに。桃か桃の結婚相手に三田家の当主を継がせ、自分は優雅な生活を送るつもりだったんだろうけど、どこで判断をミスったのか。

何気なくその話題を出すと、父がそうだな、と静かに語り出す。

『浮気相手に本気になったのが致命的だったんじゃないか。あいつは、桃を産んでからしばらくは私の妻として、そして桃の母親としてそれなりに役目をこなしていたと思う。でも、桃の手が離れた辺りからそういう生活に嫌気が差したんじゃないか』

一応自分の妻だった女性なのに、よくこういう状況でも冷静になれるな、と感心した。

よくよく話を聞くと、育子のホスト遊びは数年前からだったそうだ。日頃の憂さ晴らしも兼ね、軽い気持ちで遊びに行っているうちに本気になり、自分で店を持ちたいと未来を語る男性に、それならば自分に出資させてくれと、相手に言われるまま金を貢いでいたらしい。

実際のところ、店を出すだけなら育子からの金だけでじゅうぶん賄えた。しかし、欲を出した男がそれ以外にも遊ぶ金、自動車代、マンション代……と金をせびったため、貢いだ金額が膨れ上がっていった。

おそらく育子も、開店資金にしては多いなと、気付いていたのかもしれない。しかし、疑問に思いつつ貢ぎ続けたのは、相手に好意を抱き始めていたからではないか……と父は語る。

『恋は盲目と言うからな。そもそも育子は、三田という家に目がくらんで私と結婚したようなものだ。もしかしたら本気で男を好きになったのが今回が初めてだったのかもしれん』

「……お父さんの口から恋とか出るのが、なんか変な感じがします……」

実際今まで父が愛だの恋だのを語ったことを聞いた経験がない。なんだかむず痒《がゆ》さを感じていると、スマホの向こうで父が声を上げて笑っていた。

『違いない。それはいいとして、秘書の件だけよろしく頼む』

わかった、と言うとあっさり電話は切れた。

秘書といっても、父にはすでに秘書の男性がいる。

父が私にやれと命じたのは、秘書というのは名目上で、実際は父付きの雑用係のようなもの。

とりあえず仮に私が三田家の後を継ぐのなら、ある程度父の仕事を理解しないといけないため、そのための第一歩というところだ。

――本当に、私にできるのかな……

度々この疑問が浮かんでくるけれど、他に人がいないのだから私がやるしかない。そう自分に言い聞かせている。

でも、私の悩みはこれだけではない。

実家から桃と育子がいなくなり、あの家に住んでいるのは父だけになってしまった。もちろん父の秘書や運転手、家政婦の鳥羽さんなど出入りする人は多い。だけどあの広い家に住んでいるのが父だけだと思うと、あんなに実家を嫌っていた私でも、胸が締めつけられる思いがした。

あの父のことだ、絶対に寂しいなんて言わないだろう。だけど娘としては、これから年老いていく父を一人にしたくなかった。

――できることならあの家に戻りたい。長い間親孝行もできなかったし、今更かもしれないけど父が元気なうちに……

ずっとこのことばかり考えていたある日、ついに決心して宏一郎さんに打ち明けた。

「……というわけで。実家に帰ろうと思ってるの。越してきたばかりなのに、すごく勝手なことを言っている自覚はあります。……もちろん、不可能ならそう言ってくれて全然構わないので……」

「いいよ。いつ引っ越す？」

予想外の言葉が返ってきた。

すんなり承諾してもらえて、驚きでしばらく声が出なかった。

「…………え……!? ほ、本当にいいの!? だって、アパートから引っ越してまだ一ヶ月も経ってないのに……」

仕事から帰ってきてまだスーツ姿の宏一郎さんが、ダイニングテーブルの席に着き夕飯を食べながら「いいって」と繰り返す。

「そもそも、君をあのアパートからこっちに引っ越しさせたかったのはあのアパートのセキュリティがザルだからだ。もちろん実家に帰ることができればよかったけど、まだ育子さんがいたからね。あのときはここに引っ越すのが最善だった」

宏一郎さんが味噌汁を啜り、お椀と箸をテーブルに置く。

「何度か君の実家に行ったけど、セキュリティは完璧だ。警備会社と契約しているのはもちろんだけど、広い庭には番犬のドーベルマンが何匹がいるそうだし」

「あ、はい。そもそも父が愛犬家なので。その犬たちも育子には懐かなかったようですけど」

「もちろんここだってセキュリティは問題ない。でも、平日は俺の帰宅時間が遅すぎて、藍に寂しい思いをさせてしまう。実家なら家政婦さんもいるし、父上もいる。ここにいるよりは寂しさが紛れるのでは？」

確かにそれは同意せざるをえない。

宏一郎さんと暮らせるのは嬉しいし、幸せだ。でも、警察官僚である彼は、ほぼ毎日帰りが遅い。日を跨《また》いで帰ってくることも度々ある。さすがにそうなると私も一緒に夕飯を……とはならなくて、先に一人で食事を済ませて床につくことが多い。

「俺としては藍が寂しい思いをせずにすむのなら、実家に戻るのが一番いいと思う。だから全然問題ない。なんなら今度の週末、もう荷物運ぼうか？　ていうかこの話はもう父上にしたの？」

――待って。待って待って。

話の流れが速くてついていけない。

「ちょっと待って……まだ父には話してないの。それよりも、私が一番気にしているのは、宏一郎さんのことよ」

「え。俺？　なんで？」

意外そうに目を見開く彼に、ちょっとだけイラッとした。なんでわからないのか。

「なんでって……あなたと離れて暮らすのが寂しいからでしょう!?　け……結婚するのに……私、もうあなたと離れて暮らすとか、考えられないから……」

話している途中からなぜかキョトンとする宏一郎さんが視界に入ってきた。

「なんで？　離れないよ？　俺だってもう藍と離れて暮らすつもりないけど。君が実家に帰るなら、俺もついていくつもりだったんだけど」

「えっ!!」

予想外の返事に、この場が静まり返った。

――っ……ついてきて、くれるの？　本気？

「……あれ？　藍、一人で帰るつもり……？」

悲しそうな顔をする宏一郎さんにハッとする。

「いや、そうじゃない。そうじゃないんだけど、まさか宏一郎さんが一緒に行ってくれるとは思わなくて……。だって、私の実家だよ？　宏一郎さんからすればアウェイでしょ。それに男性は女性の実家に住むってなると、尻込みするかなって……」

これはあくまでもテレビやネットで見た情報であって、本当のところはどうなのかわからないけど。でも、宏一郎さんが気後れするような生活は、なるべくさせたくない。

「そんなことはないよ。三田家の歴史ある邸宅だってだけで興味はあるし……。それに以前君の父上と電話で話した際、いつか婿入りするかもしれません、って冗談ぽく言ったことがあるんだ。そのとき君の父上、楽しそうに笑って『それもいいな』と仰《おつしや》ってたんだ。その反応でなんとなく俺が家に入ることが嫌じゃないんだなって察知したんだよ。君の父上が一緒に住むことに賛成してくれるなら、喜んでついていきます」

俺次男だしね。と笑う宏一郎さんに呆気《あっけ》にとられる。でもすぐに、愛した人がこの人でよかったと心から思えた。

「宏一郎さん……ありがとう」

「どういたしまして。じゃあ、この話は藍からまず父上に話してもらってもいいかな。もちろん俺も直接連絡はするけど」

「わかった。言っとくね」

しかしこの後、宏一郎さんがぼそっと、

「俺、君の父上と上手くやっていけるかな……？」

と呟いたので、きっと大丈夫だよ。と言っておいた。

もし何かあっても、ここに至るまで宏一郎さんにたくさん助けてもらったお礼として、今度は私があなたを助ける番だから。

……と思ったけど、敢えてこれは口に出さず、飲み込んだ。

「……？　なに？」

「なんでもない。あ、そうだ。そういえば父がね。ずっと疎遠になっていた母方の祖父母に私が結婚するって伝えたら、祖父母がぜひ私と宏一郎さんに会いたいって言ってくれたんだって」

「え。そうなの？」

彼が驚いたように顔を上げた。

「うん。母方の祖父母も私のことが気になってはいたものの、あれだけ父に啖呵《たんか》切って縁切り宣言した手前連絡しにくかったらしくて。母が病気で亡くなったのは父のせいじゃないのに、散々心ないことを言ってすまなかった……って謝ってきてくれたみたいでね」

実はずっと、父は毎年母の命日には母方の実家へ挨拶に行っていたらしい。しかし、いつも門前払いで家に入ることも叶わなかったらしいのだが、つい最近私が結婚するということを共通の知人を介して祖父母に伝えたそうだ。

するとすると母方の祖父母から直接連絡があり、こういうことになった……と、父が嬉しそうに話してくれた。あんな嬉しそうな父の顔、久しぶりに見た。

「そっか……。よかったね。じゃあ、今度一緒にご挨拶に行こうか。お母さんの墓前にも結婚の報告をしなくちゃいけないしね」

「うん」

ずっと気がかりだった母方の祖父母とも和解できた。それもこれも、すべてこの人のお陰だ。本当に、この人には頭が上がらないや。

「私、頑張るよ」

「ん？　うん。俺も」

ご飯を食べつつ同意する宏一郎さんに、クスッとする。

この先は三田家の跡継ぎとしての修行だけでなく、宏一郎さんの妻として立派に務められるよう頑張ります。

深夜なのにもりもりご飯を食べる宏一郎さんを見つめながら、あの日、私を見つけてくれてありがとうと心の中でお礼を言った。

そしてこれから自分に課せられた役目を全うしなければと、決意を新たにする私なのだった。

あとがき

今作は警察官僚のヒーローです。警察関係のヒーローは初めてだったので、最初は資料を読み漁ることから始めました。読むだけで警察という組織の大変さがよくわかりました……。皆様、いつもお疲れ様です。そしてありがとうございます。

今回一番のポイントは継母でした。わりとテンプレな悪役継母という仕上がりになったとは思うのですが、とにかく嫌われる女の典型みたいな性格を詰め込んだ結果、こんな仕上がりになりました。悪役を書くのは結構楽しいです。どうすれば言葉だけで相手を傷つけられるかを考えて台詞を決めているのですが、書くたびに自分の性格の悪さを思い知ります。後から読むとなんで自分こんな酷い文言を……と驚くのですが、念の為実生活であんな台詞を言う機会はまずないので、普段私がこういった言葉をよく使っていると誤解されませんよう、よろしくお願いいたします（笑）

今作でルネッタブックスでの刊行が七冊目になりました。そして今年は私が商業デビューして十年目の節目の年になります。十年……。思い返すと十年前は今よりもまだだいぶ元気がありました。今は……いろいろ不調が出てきてなかなか大変です。

今作業で使っているパソコンは三台目です。買って一年も経たないうちに壊れて私をヒヤヒヤさせたこいつですが、修理して戻って来てからは絶好調です。私にコーヒーを零されたりしてるわりによく頑張ってくれていると思います。念の為このパソコンが壊れてもいいようにサブ機が控えているのですが、サブ機がメインになるのはいつになるのか。でも使い勝手がいいので壊れるまで頑張ってもらおうと思います。

今作に関わってくださった皆様ありがとうございました。夜咲こん先生には何度目かで表紙イラストを担当していただきとても嬉しいです。いつも素敵なヒーローとヒロインをありがとうございます！

最後に読者の皆様、いつもありがとうございます。今年も体調に気を配りながら、無理なく自分のペースで創作できればいいなと思っています。

またどこかでお会いできたら嬉しいです。では～

加地アヤメ

ルネッタ🄛ブックス

要らない子令嬢ですが、エリート警視が「俺のところに来ないか」と迫ってきます

2025年2月25日　第１刷発行　定価はカバーに表示してあります

著　者　加地アヤメ

発行人　鈴木幸辰
発行所　株式会社ハーパーコリンズ・ジャパン
東京都千代田区大手町 1-5-1
04-2951-2000（注文）
0570-008091　（読者サービス係）

印刷・製本　中央精版印刷株式会社

ISBN978-4-596-72417-5

※この作品はフィクションであり、実在の人物・団体・事件等とは関係ありません。